Linda van Rijn

Viva España

Literaire thriller

uitgeverij marmer

1

‘Op de liefde’, zei Anne Verhulst en ze nam een flinke slok wijn om haar woorden kracht bij te zetten.

‘Op de liefde’, herhaalde Linda van Vliet. Ze giechelde. ‘En een beetje op mij. Of eigenlijk: op de combinatie van die twee.’

Anne glimlachte. ‘Ik weet zeker dat dit hem is, Lin. Ik voel het gewoon.’

‘Jij voelt dat bij iedereen’, bromde Ingrid Bartels goedmoedig. ‘Omdat je zelf al een jaar in constante staat van verliefdheid lijkt te verkeren.’

‘Klopt.’ Anne nam nog een teug van de friszure sauvignon blanc en draaide haar hoofd naar de zon. Even sloot ze genietend haar ogen. Vanochtend had ze haar moeder gesproken. In Utrecht was het momenteel zeventien graden, behoorlijk fris voor begin juli. Aan de Spaanse Costa Brava was het vanaf half mei niet meer onder de twintig graden geweest. En sinds drie weken kwam het kwik zelfs elke dag boven de vijfentwintig graden uit. De verwachting was dat het de komende weken alleen maar warmer zou worden, volgende week werd dertig graden en hoger verwacht.

'Nou ja,' zei Ingrid, duidelijk de meest nuchtere van de drie, 'we zullen het wel zien, toch. Hij klinkt in elk geval als een leuke man, Linda.'

'Hij is ook een leuke man.' Ze knikte. 'Voor mij niks anders meer dan een Spanjaard', voegde ze er stellig aan toe.

Anne kon haar daarin alleen maar gelijk geven. Spaanse mannen waren inderdaad een stuk gepassioneerder dan de gemiddelde Hollander en ze wisten een vrouw feilloos het gevoel te geven dat ze het middelpunt van de wereld, zo niet het heelal, was. Of misschien gold dat vooral voor haar eigen vriend, Daniel, die er zijn missie van gemaakt leek te hebben Anne als prinses te behandelen. Ze glimlachte genietend toen ze aan hem dacht. Vanavond zou ze hem weer zien. Hij had een verrassing gepland en ze was inmiddels opgehouden te proberen van tevoren uit te vissen wat het was. Zoals bij al zijn verrassingen zou Daniel het haar toch niet vertellen. Maar ze was nog nooit teleurgesteld.

Anne keek even om toen een Nederlandse familie zich aan het tafeltje achter hen installeerde. Zo te zien een gezin dat de moeder van de vrouw op sleeptouw had genomen. De gezette vrouw had een knalrood hoofd en verkondigde op klaagtoon dat het bloedheet was. Anne draaide haar hoofd met een glimlachje terug naar het mooie zeezicht voor haar. Niet iedereen was blijkbaar gemaakt voor de Spaanse warmte.

Zijzelf was van mening dat er niks fijner was dan de warmte. Het klimaat was een van de redenen dat ze drie jaar geleden Nederland had verruild voor Spanje. De druilerige zomers, de ellenlange herfst en winter, gevolgd door een voorjaar waar je vaker niet dan wel blij van werd – ze had nooit van het Nederlandse weer gehouden. Toen de kans zich voordeed om in Spanje stage te gaan lopen, had ze geen seconde getwijfeld. In een gure novembermaand was ze Nederland ontvlucht, om in Alicante te genieten van een halfjaar in het Spaanse leven. Dat betekende naast zon ook een relaxed bestaan, lekker eten, veel wijn en geweldige mensen. Ze was verliefd geworden op Spanje en had letterlijk gehuild toen haar stagetijd erop zat. Het weerzien met haar moeder, broer, en vriendinnen had de pijn wel een beetje verzacht, maar Spanje was haar blijven trekken. Een jaar na haar stage had ze haar bachelor internationale betrekkingen gehaald en hoewel ze ooit van plan was geweest door te studeren en een master te doen, had ze niet geweten hoe snel ze had moeten zoeken naar banen in Spanje. Costa Blanca, Costa Brava, het maakte haar niet uit waar ze terechtkwam, als ze maar terug kon naar het land waarvan ze was gaan houden. Helaas viel er met haar studie geen droog brood te verdienen in een land dat toen al afstevende op een economische crisis, en dus had ze haar zoekgebied uitgebreid. Uiteindelijk had ze gesolliciteerd op een baan als receptioniste bij een makelaarskantoor. Tot haar teleurstelling hoorde ze zes weken lang niks, tot ze ineens werd gebeld met de vraag of ze binnen twee weken kon beginnen. Dezelfde dag had ze de huur van haar appartementje in Utrecht opgezegd en een vlucht geboekt. Ze had er nooit een seconde spijt van gehad, ook niet toen het makelaarskantoor na een jaar failliet ging. Al snel had ze via via gehoord dat makelaarskantoor Costa Villas iemand zocht om de vakantieverhuur van villa's op zich te nemen. Anne had zichzelf weinig kans toegedicht toen ze werd uitgenodigd voor een sollicitatiegesprek, maar wonder boven wonder had ze meteen een klik gevoeld met Henk Bleiswijk, de Nederlandse eigenaar die haar ergens een beetje aan haar veel te vroeg overleden vader deed denken. Een week na het gesprek was ze gestart in haar huidige functie. Met haar studie, die veel tijd, geld en energie had gekost, deed ze nog steeds niks, maar daar maakte ze zich niet druk om. Als dat de prijs was die ze betaalde voor een leven in Spanje, deed ze dat graag.

'Hebben jullie een keus gemaakt?'

Anne was zo diep in gedachten verzonken geweest dat ze niet had gemerkt dat er een serveerster aan hun tafeltje was verschenen. Ze knipperde met haar ogen om de witte vlekken kwijt te raken, die in haar zicht verschenen omdat ze te lang in het zonlicht had gekeken. Daarna keek ze naar het meisje, dat hooguit twintig was en duidelijk nieuw in de bediening.

'Voor mij graag de salade met Thaise runderreepjes', bestelde ze.

Linda en Ingrid gingen ook voor een salade. De jonge serveerster noteerde de bestelling en Anne zag haar hand licht trillen. Ze wilde natuurlijk geen fouten maken nu ze bij het tafeltje van haar bazin stond. Eigenlijk had Anne een beetje met haar te doen. Ingrid was een geweldige vrouw, en zeker een goede vriendin, maar voor haar personeel kon ze hard zijn. Maar, moest Anne toegeven, het was haar kritische opstelling die er ook toe had geleid dat haar restaurant Casa inmiddels bij zowel Nederlanders als Spanjaarden hoog op de favorietenlijstjes in Platja d'Aro was komen te staan.

Anne keek naar het terras dat zich in rap tempo vulde. Van april tot september zat het hier bomvol, vooral 's avonds. Vooral nu de piek van het hoogseizoen eraan kwam, zou Ingrid zeven dagen per week minstens veertien uur per dag aan het werk zijn. Het zou wel een tijdje duren voor ze hier weer met z'n drieën zouden zitten, misschien wel tot september. Anne vond het prima. Ze mocht Linda en Ingrid graag, maar de vriendschap die ze hadden bleef altijd een beetje aan de oppervlakte. Misschien zagen ze elkaar te weinig om echt een diepgaande band te krijgen, of misschien waren ze daarvoor te verschillend. In elk geval was hun vriendschap niet te vergelijken met de band die ze in Nederland met haar vriendinnen had gehad. Dat was het enige wat ze hier miste.

Natuurlijk kwamen haar Nederlandse middelbareschoolvriendinnen, die ze al jaren kende en met wie ze zo'n beetje haar halve jeugd deelde, weleens langs en natuurlijk was het dan gezellig, maar ze misten veel van elkaars dagelijks leven en zeker nu twee van haar vriendinnen onlangs hun eerste kind hadden gekregen, merkte Anne dat er een afstand tussen hen begon te ontstaan.

Ach, riep ze zichzelf in gedachten tot de orde, zeur niet zo. Ze vermaakte zich ook prima zonder haar middelbareschoolvriendinnen om zich heen. Ook al lieten zij zich minder zien, haar moeder en haar broer kwamen met regelmaat langs en volgende week stonden Marloes en Suzan op de stoep. En ze bleven maar liefst twaalf dagen, wat betekende dat ze extra veel tijd hadden om bij te praten. Daar verheugde ze zich op. Ze had Marloes leren kennen toen ze tijdens haar studie een blauwe maandag lid was geweest van een studentenvereniging. Al snel was ze tot de conclusie gekomen dat het niks voor haar was. Voor Marloes had hetzelfde gegolden en toen ze tijdens weer een verschrikkelijke avond met de vereniging er samen tussenuit waren geknepen om in een bruine kroeg hun verdriet te verdrinken, was de basis van hun vriendschap gelegd. Twee jaar later waren ze allebei lid geworden van een roeivereniging, waar ze Suzan hadden leren kennen. Ze hadden een geweldige tijd gehad in Utrecht, tot Anne naar Spanje was vertrokken en Marloes en Suzan samen een huis in het centrum van Amsterdam hadden gehuurd. Inmiddels hadden ze allebei hun eigen stek en woonde Marloes zelfs samen, maar de vriendschap was gebleven. Ook met Anne. Marloes en Suzan waren eigenlijk de enige vriendinnen met wie de band nauwelijks was veranderd nu ze in het buitenland woonde. Natuurlijk zagen en spraken ze elkaar minder, maar als het even kon planden de meiden een week of een paar dagen vrij en boekten ze een vlucht. Anne kon gelukkig altijd wel een huis of appartement voor ze regelen, en samen hadden ze al heel wat restaurants, terrasjes en bars in de omgeving uitgeprobeerd. Anne verheugde zich op hun komst, over een paar dagen. Ze hadden het allebei druk gehad met werk en daardoor was het al vier maanden geleden dat ze hier voor het laatst waren geweest. Tussendoor was Anne ook niet in Nederland geweest. Dat kwam er sowieso minder van dan ze zich had voorgenomen. Eigenlijk vond ze dat ze wel zes keer per jaar moest gaan, om haar familie en vrienden te zien, maar vooralsnog kwam ze niet verder dan hooguit drie keer per jaar. Gelukkig kwam haar moeder met regelmaat naar Spanje. Anne kon haar niet vaak genoeg vertellen hoe geweldig ze dat vond. Voor anderen leek het pakken van een vlucht naar Girona misschien een eitje, ze wist dat het voor haar moeder een hele onderneming was. Voor de dood van Annes vader, nu acht jaar geleden, had ze zelden alleen met de trein gereisd en nu vloog ze gewoon naar Girona. Natuurlijk miste Anne haar vader verschrikkelijk, maar ze vond het fijn te zien dat haar moeder na zijn dood haar leven op een geweldige manier had opgepakt. Dat maakte dat Anne in elk geval met een gerust hart in Spanje kon wonen. Haar moeder had haar niet nodig, ook al wist Anne best dat ze haar miste. Stiekem keek Anne weleens naar appartementen in de regio. Sinds de huizenmarkt was ingezakt, waren de prijzen aanzienlijk gedaald en voor de helft van wat het huis in Utrecht kostte, kocht je in Catalonië een ruim appartement met groot balkon en uitzicht op zee. Ze wist ook wel dat haar moeder niet zo snel naar Spanje zou verhuizen, niet nu ze er alles aan had gedaan haar sociale leven in Utrecht nieuw leven in te blazen. Maar toch had Anne de mogelijkheid niet helemaal afgeschreven. Ze wachtte het juiste moment af en dan zou ze het eens ter sprake brengen. Dat zou haar leven in Spanje compleet maken: haar moeder in de buurt. En voor haar was hier ook genoeg te doen. Er was een grote gemeenschap van Nederlandse vrouwen boven de zestig, die elkaar opzochten en samen leuke dingen ondernamen. Althans, dat had ze weleens begrepen van Henk, wiens vrouw jaren tot de groep had gehoord. Tot ze vier jaar geleden overleed. Anne vond het jammer dat ze Janneke Bleiswijk nooit had gekend. Te oordelen aan hoe Henk over haar praatte, was ze een bijzondere vrouw geweest.

'Vind je niet, Anne?'

'Hè?' Ze schrok op toen ze haar naam hoorde. Ingrid en Linda keken haar lachend aan.

'Waar zit jij met je gedachten?' vroeg Ingrid.

'Alsof je dat nog moet vragen', grinnikte Linda. 'Die denkt aan Daniel, natuurlijk.'

Anne lachte wat schaapachtig. 'Ja, inderdaad', loog ze. Gelukkig werd op dat moment het eten gebracht en begon Ingrid over een nieuwe delicatessenzaak in het nabijgelegen Palafrugell, die onlangs was geopend. Dat was het leuke aan bevriend zijn met Ingrid, ze was altijd op de hoogte van nieuwe adresjes op eet- en drinkgebied. Anne nam zich voor er dit weekend samen met Daniel een kijkje te nemen. Hun bezoek aan de zondagse markt in Palafrugell was inmiddels traditie en het nieuwe winkeltje lag in een zijstraatje van waar de markt werd gehouden. Ze genoot al bij het vooruitzicht. Daniel had beloofd dat hij zondagavond voor haar zou koken, nadat ze op de markt verse inkopen hadden gedaan. Meestal gingen ze naar zijn huis, dat een keuken met allerlei luxe apparatuur had, waar hij uren in kon doorbrengen. Toch zaten ze, hoewel haar appartement vele malen kleiner en minder luxe was dan Daniels villa, de laatste tijd steeds vaker bij haar. Anne merkte dat Daniel het bij haar prettig vond. Hij zei vaak dat hij in zijn huis de reuring van de straat miste en dat klopte ook. De villa was gelegen in een rustige wijk in Palamós, waar misschien drie keer per dag een auto voorbijreed. Vanaf haar eigen balkon kreeg je de drukte en de geluiden van de boulevard mee, en dat leek Daniel meer en meer te waarderen. Het was zeker drie weken geleden dat ze voor het laatst in Daniels huis was geweest. Maar dat betekende niet dat de villa niet prachtig was. Dat zijn beide ouders jong waren overleden was vreselijk triest, maar Daniel kon wel zorgeloos en hypotheekvrij in het grote huis wonen dat hij had geërfd.

Alsof Daniel voelde dat ze aan hem dacht, trilde op dat moment haar telefoon twee keer kort achter elkaar. Onopvallend keek Anne naar het binnenkomende sms'je. Hij sms'te in het Spaans dat hij aan haar dacht en dat hij zin had in vanavond, als hij haar weer zou zien. Even sloeg haar hart over. Dat ze na meer dan een jaar nog steeds zo verliefd kon zijn, verbaasde haar soms gewoon.

Ze pakte haar bestek en nam een hap van haar salade. Linda en Ingrid hadden het over een nieuw restaurant in Platja d'Aro, niet ver van waar ze nu zaten. Er werd een halfslachtige afspraak gemaakt er met z'n drieën te gaan lunchen en Anne knikte. Dat was een van de voordelen aan Spanje. Niemand vond het raar als je tussen de middag uitgebreid in een restaurant ging eten om pas tegen vieren weer op je werk te verschijnen.

God, wat hield ze van dit land. Ze nam een slok wijn en bedacht voor de zoveelste keer dat emigreren haar beste beslissing ooit was geweest.

Anne wierp een blik op haar horloge toen ze via een van de vele smalle straatjes terugliep naar de Avinguda de Sant Feliu de Guíxols, waar het makelaarskantoor was gevestigd. In het begin had ze moeite de naam van de straat uit te spreken en menigmaal had ze de Spaanse lachers op haar hand gehad toen ze een poging waagde. Maar natuurlijk was ze snel aan de uitspraak van haar werkadres gewend geraakt. En dat ze steeds beter Spaans leerde spreken, hielp uiteraard ook. Inmiddels sprak ze ook een aardig mondje Catalaans en ze merkte dat dat door de lokale bevolking werd gewaardeerd. Ook Daniel vond het leuk als ze Catalaans sprak. Zijn ouders en zijn grootouders – ze waren inmiddels allemaal overleden – waren rechtgeaarde Catalanen geweest met een behoorlijke afkeer van met name Madrid, maar eigenlijk alle delen van Spanje die buiten de grenzen van Catalonië lagen. Toen Anne hiernaartoe verhuisde, had ze zich niet echt gerealiseerd hoe sterk het nationaliteitsgevoel van de Catalanen was, maar dat had ze al snel na aankomst geleerd. Want wie hier woonde en geen Catalaans sprak werd weliswaar vriendelijk bejegend, maar kon nooit echt onderdeel van de lokale gemeente worden.

Het was iets voor vier uur en druk op straat: toeristen die een terrasje zochten, strandgangers die naar hun appartement of hotel terugkeerden om zich op te frissen voor ze de stad ingingen en oudere mensen – vooral Nederlanders – die hier meerdere maanden per jaar doorbrachten en er maar geen genoeg van leken te krijgen om de toeristenwinkels te bezoeken. Anne moest haar pas inhouden om zich een weg te banen door grote groepen vakantiegangers. Ze wist wel beter dan over de drukte te klagen; zolang toeristen naar Spanje bleven komen, had zij voldoende werk.

Uiteindelijk bereikte ze het kantoor van Costa Villas. Met grijze letters stond de naam van de zaak op de rode gevel geschilderd. In de etalage hingen vijf rijen A4-vellen in hardplastic hoezen met de huizen die Costa Villas momenteel te koop aanbood, met daarnaast nog eens een paar rijen met villa's die te huur waren. De opgehangen informatie zorgde er altijd weer voor dat vele toeristen, en een enkele lokale bewoner, voor de etalage bleven staan om een blik te werpen op wat er allemaal werd aangeboden. Tijdens een heerlijke vakantie met zon en strand wilde je toch best even weten wat het zou kosten om je hier permanent te vestigen, of om een tweede huis aan te schaffen zodat het vakantiegevoel altijd binnen handbereik was. Voor negenennegentig procent van de mensen die stilhielden voor de etalage zou het bij dromen blijven, hooguit één procent kon serieus overwegen een huis in deze regio te kopen en daarvan was er slechts een klein percentage dat het ook daadwerkelijk deed. De markt was beperkt, maar toch draaide Costa Villas al jaren prima, mede dankzij de verhuurtak. Anne beschouwde het als haar persoonlijke missie om die tak succesvol te houden en nog verder uit te breiden. Ze kreeg daarin veel vrijheid. Of het nu ging om advertenties op een nieuwe huizensite of een promotieactie die ze wilde organiseren – ze hoorde zelden "nee". Dat was al zo geweest toen Henk nog de dagelijkse leiding had en nadat hij de zaak vrijwel geheel aan zijn zoon Jeroen had overgedragen, was het gelukkig niet veranderd.

Ze fronste toen ze zag dat de lichten uit waren. Jeroen zou er gewoon moeten zijn, maar blijkbaar was hij weggegaan. De parkeerplaats voor de deur, waar zijn auto had gestaan, was ingenomen door een wit bestelbusje. Ze voelde zich een beetje ongemakkelijk. Was ze vergeten dat Jeroen een afspraak had? Had ze eerder terug moeten zijn?

Ze zocht in haar tas naar haar sleutels en haalde ook meteen haar telefoon eruit. Geen gemiste oproepen, gelukkig. Ze haalde haar schouders op. Jeroen had de laatste tijd wel vaker van die rare acties, dat hij ineens wegging. Eigenlijk wist ze de helft van de tijd niet waar hij uithing.

Ze stak haar sleutel in het slot en probeerde die om te draaien, maar dat ging niet. Verbaasd probeerde ze de deurklink. Die gaf mee en de deur ging open. Dat was vreemd, het was niks voor Jeroen om niet goed af te sluiten. Ze liep naar binnen en bleef even staan.

'Jeroen?' vroeg ze aarzelend.

Er kwam geen reactie. Anne deed het licht aan en liep naar haar bureau. Ze keek naar de werkplek van haar baas. Er lagen wat papieren die haastig neergegooid leken te zijn. Niks voor Jeroen, die juist irritant netjes was. Ze wierp er een blik op. Het leken belastingpapieren te zijn.

Anne haalde haar schouders op en ging achter haar eigen bureau zitten. Jeroen leek de laatste tijd sowieso nogal bezig met de belastingdienst. Ze zag hem voortdurend in de weer met mappen en papieren en soms hoorde ze hem op gedempte toon een gesprek voeren, waarin het woord vaak viel. Eigenlijk kapte hij zo'n gesprek altijd af als zij binnenkwam, realiseerde ze zich. Hij vond het vast haar zaken niet. Ze had toch al het gevoel dat hij haar overal buiten probeerde te houden. Ontzettend irritant, want ze werkte al jaren voor het bedrijf en Henk had haar altijd het gevoel gegeven dat ze volwaardig onderdeel was van Costa Villas. Maar Jeroen leek het juist belangrijk te vinden haar niet te veel bij de gang van zaken rondom Costa Villas te betrekken. Waar

Henk een betrokken baas was geweest, vond ze Jeroen soms ronduit hooghartig. Maar ze wist wel beter dan erover te klagen. Haar werk was leuk en, eerlijk was eerlijk, ze kreeg alle vrijheid om het naar eigen inzicht te doen.

Toen ze op de aan-knop van haar laptop drukte, bekroop haar een vreemd gevoel. Er klopte iets niet. Gek dat je eigenlijk niet merkte wat je deed, tot er iets anders dan anders ging. Normaal gesproken moest ze toch eerst haar laptop openklappen en zette ze hem dan pas aan? Ze wist zeker dat ze hem altijd dichtklapte als ze wegging. Waarom stond hij dan nu open?

Ze ging in gedachten na hoe ze de deur uit was gegaan. Had ze haar computer aan laten staan, omdat ze toch nog zou terugkomen? Ze schudde haar hoofd bij die gedachte. Ze wist zeker van niet. Sterker nog, ze had ongeduldig zitten wachten toen de laptop bij het afsluiten van Outlook was vastgelopen. Was ze daarna vergeten om hem dicht te klappen?

Ze liet haar blik over haar bureau dwalen. Ineens gleed er een huivering over haar rug. Haar spullen lagen anders. Ze kon er niet precies de vinger opleggen, maar er was iets gebeurd. Iemand had eraan gezeten. Ongemakkelijk keek ze om zich heen. Was er iemand binnen geweest? De deur was wel open geweest.

Met een ruk stond ze op om vervolgens besluiteloos te blijven staan. Ze probeerde zich tot bedaren te brengen. Het sloeg nergens op dat ze zich ineens bekeken voelde. Snel liep ze naar het kleine keukentje achter het kantoor. Er was niemand. Natuurlijk niet. Ze liep terug naar haar bureau en probeerde haar gedachten die op hol sloegen, de baas te worden. Ze was gewoon vergeten haar laptop dicht te klappen en waarschijnlijk was Jeroen op zoek geweest naar paperclips of een nietmachine en had hij daarbij de spullen op haar bureau verschoven.

Ze keek naar zijn bureau. Beide lagen voor het grijpen. Ze schudde haar hoofd. Dan moest het iets anders zijn geweest. Hij kwam de laatste tijd sowieso wat afwezig op haar over, en dit was het zoveelste bewijs daarvan. Bovendien was hij vergeten het sleutelkastje af te sluiten, constateerde ze toen haar blik erop viel. Ze liep naar het roestvrijstalen kastje aan de muur en draaide het snel op slot. De sleutel liet ze in haar bureaula glijden, waar die altijd hoorde te liggen. Vast niet de meest veilige methode, maar in al die jaren hadden ze nog nooit problemen gehad. En bovendien, al nam je alle sleutels mee, er zaten echt geen labels met adressen aan. Op de labels stonden codes en alleen zij, Henk en Jeroen wisten welke code bij welk huis hoorde.

Dat het kastje open stond verklaarde wel meteen waar hij gebleven was: naar een van de huizen. Met een gerustgesteld gevoel ging Anne achter haar bureau zitten en opende haar mail.

Een kwartier later keek ze met een ruk op toen de deur openging. Jeroen stapte naar binnen. 'Hoi', begroette hij haar.

Anne knikte. 'Hai.'

Ze aarzelde even, maar vroeg toen niet waar hij was geweest. Zijn gezicht stond strak en hij ging meteen achter zijn bureau zitten. Dan niet, dacht ze een beetje geërgerd. Demonstratief concentreerde ze zich weer op haar werk, terwijl ze met enige weemoed dacht aan toen Henk nog de baas was. Het was in elk geval een stuk gezelliger geweest.

Vanuit haar ooghoeken zag ze hoe Jeroen zich verdiepte in een stapel papier, die hij uit zijn tas had gehaald. Huizen die in de verkoop kwamen, vermoedde Anne. Het aantal Nederlandse eigenaars dat noodgedwongen hun villa in Spanje moest verkopen was sinds het uitbreken van de crisis aanzienlijk toegenomen. De huizenprijzen waren daardoor flink gedaald. Toen Jeroen anderhalf jaar geleden het roer van zijn vader had overgenomen, was een van zijn eerste hervormingen het oppakken van de verkoopmakelaardij geweest. Tot die tijd hield Costa Villas zich, naast de verhuur, alleen bezig met aankoopbegeleiding en -bemiddeling en het aanbieden van onderhoudscontracten, zodat Nederlandse eigenaars geen enkele zorg over hun villa hadden. Costa Villas regelde alles: van schilderwerk tot zwembadonderhoud. Uiteraard tegen een leuke fee. Maar nu de huizenmarkt aan het veranderen was, had Jeroen ingezien dat het bedrijf alleen maar kon blijven floreren door het aanbod van diensten verder uit te breiden. Verkoopmakelaardij was een logische keuze. Anne begreep nog steeds niet helemaal hoe het kon dat dit zo'n winstgevende tak van het bedrijf was geworden aangezien het aantal verkopers het aantal potentiële kopers ontsteeg, maar dat waren vragen die ze niet aan Jeroen stelde. Blijkbaar ging het allemaal naar behoren, aangezien Jeroen vorige week ineens een nieuwe Audi voor de deur had geparkeerd. Van auto's had ze niet veel verstand, maar dat dit een duur exemplaar was, was duidelijk.

De hakken van haar sandaaltjes klikten tegen het marmer toen ze naar het keukentje liep. 'Wil jij ook koffie?'

Geen reactie. Anne bleef even staan. 'Jeroen?'

'Hè?' Hij keek op.

'Of je koffie wil.'

'Ja. Ja, lekker.'

Achter zijn rug trok Anne heel kinderachtig een gezicht. Ze ging het keukentje binnen en zette twee koppen onder de Senseo. Even later liet ze een ervan achter op Jeroens bureau. Hij reageerde niet.

Anne nam weer plaats achter het eikenhouten bureau en haalde met een klik van de muis haar computer uit de slaapstand. Ze had alweer drie nieuwe mails, allemaal boekingen voor de komende zomervakantie en allemaal binnengekomen via een lastminutewebsite waar gisteravond een banner van Costa Villas live was gegaan. Anne knikte tevreden. De actie kostte wel wat, maar met deze boekingen plus de zes die eerder waren binnengekomen, draaide ze al break-even.

Vlot verwerkte ze de boekingen in het systeem en mailde ze de gasten terug dat alles geregeld was en dat de boeking definitief zou worden zodra de aanbetaling was ontvangen.

'Die banneractie is een succes', zei ze tegen Jeroen.

Hij keek op. 'Hm?'

'Die lastminuteaanbiedingen', verduidelijkte Anne. 'Er zijn al zeven reserveringen gedaan.'

'O.' Hij keek weer naar zijn scherm. 'Mooi zo.'

Anne onderdrukte een zucht. Vrijheid was leuk, maar het gebrek aan betrokkenheid dat Jeroen soms tentoonspreidde, grensde aan desinteresse. Het was niet voor het eerst dat ze het gevoel had dat Jeroen nauwelijks bezig was met de verhuurtak van zijn bedrijf. Alsof hij helemaal werd opgeslokt door andere dingen. Anne wist niet waarom, maar soms bekroop haar het gevoel dat er iets niet klopte. Dat Jeroen niet alleen maar zo in beslag werd genomen door het verkopen van villa's, maar dat er meer speelde. Wat dat was, daar kon ze de vinger niet echt op leggen. Ze dacht weer aan de belastingpapieren. Was het normaal dat hij daar zo veel tijd en aandacht aan besteedde?

Aan de andere kant, waarom zou Jeroen zijn belastingaangifte niet op orde hebben? Dat zou dan aan Henk te wijten zijn, want hij nam nog steeds het grootste deel van de administratie van het bedrijf voor zijn rekening. Hij zou het bedrijf dat hij met zo veel energie had opgebouwd, niet in de problemen brengen. Daarmee zou hij ook zichzelf geen dienst bewijzen, want ook al had hij de zaak overgedragen, hij verdiende er nog steeds geld mee.

Niet dat hij dat echt nodig had, vermoedde Anne. Ze wist dat haar voormalige baas zijn schaapjes meer dan op het droge had. Hij bewoonde een prachtige, grote villa in de bergen met uitzicht op zee en met zowel een zwembad als een tennisbaan in de tuin. Bovendien had hij geïnvesteerd in diverse vastgoedprojecten en die hadden hem, voor zover Anne wist, geen windeieren gelegd.

Onopvallend keek ze naar Jeroen. Hij was een paar jaar ouder dan zij, al had hij een soort jongensachtige uitstraling. Ze merkte dat sommige klanten verbaasd waren als ze hoorden dat hij de eigenaar van het kantoor was. Gekregen van pappie, dacht Anne dan vaak een beetje cynisch, maar dat zei ze natuurlijk niet hardop. Ze had het vaak met Henk over de beginjaren van de zaak gehad, nu bijna veertig jaar geleden. Henk en Janneke waren met niks naar Spanje vertrokken en hadden Costa Villas daar samen vanaf de grond opgebouwd. Later, toen eerst Jeroen en daarna zijn zusje Inge waren geboren, was Henk de zaak in zijn eentje gaan runnen. Janneke had voor de kinderen gezorgd. Dat was een dagtaak, want Inge was meervoudig gehandicapt en had constante zorg nodig. Achttien jaar lang had Janneke haar thuis verzorgd, slechts mondjesmaat bijgestaan door hulpverleners. Pas toen Janneke het lichamelijk niet meer aan kon, was Inge in een tehuis geplaatst. Henk had Anne verteld dat dat de moeilijkste beslissing van hun leven was en dat Janneke er eigenlijk nooit helemaal overheen was gekomen. Anne was weleens met Henk meegegaan naar Inge en voor zover zij het kon inschatten, had de inmiddels volwassen vrouw het prima in de ruime, door bossen omgeven instelling waar ze woonde. Maar dat was natuurlijk van de buitenkant bekeken. Als moeder je kind naar een instelling te sturen moest zwaarder zijn dan wat dan ook. Aan de andere kant: Inge maakte geen ongelukkige indruk, al was het moeilijk in te schatten bij iemand die nauwelijks kon praten en communiceerde door te knipperen met de ogen, zachtjes met haar vinger te tikken en wat klanken uitstootte die voor een buitenstaander onverstaanbaar waren. Henk kon zijn dochter als geen ander begrijpen en had haar gevraagd hoe het ging en hoe ze zich voelde, maar voor Anne hadden ze net zo goed Chinees kunnen praten, zo weinig begreep ze ervan. Dat kwam ook doordat Inge het verstandelijke vermogen van een kind van zes had.

Ze schrok op uit haar gedachten toen haar computerscherm op zwart ging. Met een tik tegen de muis wekte ze het weer tot leven. Ze concentreerde zich op haar werk. Morgen zou de familie Van Lieshout arriveren, die zes maanden geleden al Villa España voor drie weken had vastgelegd. Villa España was een van de populairste villa's die het kantoor in de verhuur had, en bovendien een van de drie huizen die eigendom waren van Costa Villas zelf. De villa was al jaren een hit op de verhuurmarkt en toen de Nederlandse eigenaar het huis een jaar of vier geleden wilde verkopen, had Henk niet lang geaarzeld. Voorheen had de eigenaar altijd twee maanden in de zomer in het huis doorgebracht, nu was het het hele seizoen beschikbaar voor verhuur. Van maart tot oktober zat het altijd vol en de opbrengsten gingen de kosten aan het huis ver te boven. Anne begreep volkomen waarom dit zo'n populair huis was. Het was ruim genoeg voor twee gezinnen die samen op vakantie waren, maar ook weer niet zo enorm dat het voor één gezin echt te groot was. Het zwembad was afgeschermd, waardoor ook ouders met jonge kinderen in het huis op hun plek waren, en het lag op een rustige plek, maar wel op loopafstand van een paar leuke restaurantjes en een supermarkt.

Anne las de correspondentie die ze een halfjaar geleden met Brigitte van Lieshout had gevoerd nog eens door. Geen bijzonderheden, concludeerde ze. Ze printte de documenten uit die ze nodig had en legde alles op een stapeltje klaar. Daarna checkte ze opnieuw haar mail, stuurde snel een berichtje naar Marloes en Suzan dat ze een mooi appartement voor hen had uitgezocht en dat ze alleen de schoonmaakkosten maar hoefden te betalen. Daarna keek ze op haar horloge. Bijna halfzes. Eigenlijk had ze geen zin meer om te blijven. Ze wilde ruim de tijd nemen om zich op vanavond voor te bereiden. Zoals altijd wanneer ze Daniel zag, wilde ze er vanavond oogverblindend uitzien. De overduidelijke bewondering die dan op Daniels gezicht verscheen, leek wel een verslaving. Net als de trots waarmee hij de hele avond naar haar keek. Ze voelde al een kriebel in haar buik bij het idee.

Onopvallend wierp ze een blik op Jeroen. Hij was verdiept in zijn papieren. Hij zou het niet merken als ze iets eerder wegging. Ze sloot haar computer af, bracht haar beker naar de keuken en pakte haar tas. 'Ik ga vast', zei ze. 'Ik moet nog even...'

Ze kon niks verzinnen, maar het maakte zo te zien ook weinig uit. Jeroen keek niet eens op.

'Tot morgen', zei Anne terwijl ze naar de deur liep.

Jeroen humde een antwoord.

Anne trok de deur open en de warmte kwam haar tegemoet. Genietend haalde ze diep adem. Laat in de middag leek de warme lucht altijd iets verwachtingvols te hebben, als een voorbode op de avond die naderde. Anne kon een glimlach niet onderdrukken. Van deze avond verwachtte ze inderdaad een hoop.

Een uur later keek ze tevreden in de spiegel. Het was bijna zeven uur en ze was klaar om te gaan. Ze streek even over haar blauwe jurkje en stapte in haar pumps met hoge hakken. Daarna pakte ze haar tas en haar sleutels en ging de deur uit. Buiten drongen de geluiden van de boulevard door in het smalle straatje waar de ingang van het appartementencomplex was gelegen. Dit was misschien wel het fijnste deel van de dag, de vroege avond. De warme avondzon en de lucht die vol belofte was over wat de avond zou brengen.

Anne stapte in haar rode Opel Corsa en reed de straat uit. Het kostte even om door het drukke verkeer het stadje uit te komen, maar toen reed ze over de rustige binnenweg naar Palamós. Daniel had het hek van zijn oprit opengezet en ze parkeerde haar auto onder de oude boom voor de prachtige witte villa.

Ze stapte uit. Er klonk geknerp van grind en Daniel kwam om het huis gelopen. Hij droeg een spijkerbroek en een wit poloshirt en lachte naar haar. 'Dag schoonheid', zei hij. Hij legde zijn handen rond haar taille en begroette haar met een kus. Anne hief haar hoofd naar hem op en glimlachte.

'Ben je er klaar voor?' vroeg Daniel met een grijns.

Anne keek nieuwsgierig. 'Waarvoor?'

'Voor de verrassing.'

'En die is?'

Daniel tikte even tegen haar neus en liet haar toen los. 'Dat zie je vanzelf.' Hij haalde zijn autosleutels uit zijn zak. 'Kom mee.'

'Dus we gaan ergens heen.'

'Goed gezien, speurneus.' Hij hield het portier van zijn auto voor haar open. Anne stapte in en wachtte tot Daniel om de auto heen gelopen was.

'Is het ver rijden?' vroeg ze.

'Wacht nou maar af.'

Daniel startte de motor en gaf gas. Ze gingen linksaf. Anne was niet echt bekend in de stad en probeerde bij elke bocht te bedenken waar ze heen gingen. Ze voelde zich opgewonden, als een kind op z'n verjaardag. Daniel reed de stad uit, richting de kust. Anne keek naar hem terwijl hij ontspannen achter het stuur zat, één hand losjes op de versnellingspook. Hij had een baardje van een dag en zijn haar zat een beetje rommelig. Zo zag ze hem eigenlijk het liefst.

Hij merkte dat ze haar hem keek en wierp een blik opzij. Hij knipoogde even. 'Ik hoop dat je het leuk vindt', zei hij. Overbodig, dacht Anne. Hij had haar nog nooit teleurgesteld.

Een kwartier zette Daniel de auto stil, schijnbaar op een willekeurige plek langs de weg. Anne fronste. 'Hier?'

'Ja.' Hij lachte. 'Ga je mee?'

Een beetje verbaasd opende Anne het portier en stapte uit. Ze had een hoop verwacht, maar dit niet. Ze keek om zich heen. Recht voor zich uit zag ze de zee. Aan de overkant van de weg, schijnbaar langs de rand van een aflopende rots, stond een laag muurtje. Beneden moest een baai zijn, vermoedde Anne. Gingen ze naar het strand?

Een beetje vertwijfeld keek ze naar Daniel. 'Is het hier?'

'Zeker. Kom maar met mij mee.' Hij troonde haar mee naar een trap die verscholen lag tussen wat bomen. De in steen gehouwen treden waren ongelijk en het kostte haar moeite om op haar hoge hakken naar beneden te komen.

Halverwege de trap bleef ze staan. 'Wauw', zei ze, overdonderd door wat ze zag. Het kleine strandje lag helemaal beschut tussen de rotswand en bestond uit bijna wit zand. Golven kabbelden rustig in de branding en vanaf het strand liep een kleine steiger de zee in. Aan de steiger lag een prachtige witte motorboot.

Daniel sloeg zijn arm om haar middel en bracht zijn mond bij haar oor. 'Ga je mee varen?'

Anne keek ongelovig naar hem op. 'Is die van jou?'

Hij grijnsde. 'Nou nee, dat nou ook weer niet. Maar voor vanavond is hij van ons. Kom.' Hij hield haar hand vast toen ze verder naar beneden liep en even later stonden ze op het strand. Anne deed haar schoenen uit en voelde het zand tussen haar tenen toen ze met Daniel naar de steiger liep. Hij liep voor haar uit over de houten vlonders en hielp haar aan boord te stappen. Anne streek bewonderend over de rand van de boot en nam plaats op een van de met wit leer beklede banken. Ze had niet veel verstand van boten, maar wist wel dat dit een peperduur exemplaar moest zijn.

'Geleend van een vriend', verklaarde Daniel toen ze vroeg hoe hij eraan kwam. 'Ik wilde je verrassen en dit leek me wel een leuk idee.' Hij haalde sleutels uit zijn zak en startte de motor van de boot. Daarna ging hij achter het roer staan. Hij gaf gas en Anne voelde hoe de boot naar voren schoot. Hij danste over de lichte golven en Anne genoot van de wind die langs haar gezicht streek. Ze keek naar Daniel, die ontspannen achter het roer stond. Hij had dit eerder gedaan, dat was duidelijk.

Soepel stuurde hij de boot de zee op. De golven waren hier hoger en Anne genoot van de deining. Ze stond op en ging naast Daniel staan. Hij sloeg zijn arm om haar schouders. 'Vind je het leuk?'

'Leuk? Ik vind het geweldig.'

'Wacht maar af, het wordt nog leuker', zei Daniel geheimzinnig.

'Waar gaan we heen dan?'

'Dat merk je vanzelf.'

Anne keek naar hem op. Hij staarde recht voor zich uit, ze kon zijn blik niet goed peilen. Heel even voelde ze een lichte huivering over haar rug gaan. Wat bedoelde hij?

Doe normaal, sprak ze zichzelf streng toe. Ze vermande zich. Daniel draaide zijn hoofd naar haar en schonk haar zijn gewoonlijke glimlach. Ze ontspande, moest bijna lachen om haar dwaze gevoel van net. Dit werd natuurlijk een geweldige avond. Ze keek voor zich uit, naar de zon die langzaam richting de horizon zakte en het licht dat in de zee weerkaatste en prees zich ongelooflijk gelukkig.

2

Afwezig tikte Anne met haar pen tegen het hout van haar bureau. Ze staarde naar het rijtje ongelezen en onbeantwoorde e-mails op het scherm, maar langer dan drie secon den haar gedachten erbij houden leek vandaag onmogelijk. Die gedachten hadden betere dingen te doen, zoals teruggaan naar gisteravond. Automatisch begon ze te glimlachen. Ze moest zich inhouden, anders zat ze hier de hele dag met een grijns op haar gezicht. Dat moest zelfs Jeroen gaan opvallen, ook al was hij alweer een tijd verdiept in iets op zijn computer. Hij had niet eens gemerkt dat Anne pas om tien uur binnen was gekomen. Ze begon alweer te glimlachen toen ze dacht aan de reden van haar late aankomst. Daniel had haar niet eerder laten gaan.

Gisteravond was geweldig geweest. Daniels tweede verrassing was een viergangendiner in een restaurantje in een haven, waar ze met de boot naartoe waren gegaan. Ze realiseerde zich nu pas dat ze niet eens wist in welke plaats het was. Ze kende de haven niet. Niet zo vreemd, bleek toen Daniel haar had verteld dat alleen leden welkom waren in de haven en in het restaurant. Maar Daniel had een zakelijke relatie met de eigenaar en daarom had het hem weinig moeite gekost een tafel te krijgen. Het viergangenmenu dat ze hadden besteld was uitgebreid met twee extra gangen met kreeft en zelfs kaviaar. Aan het eind van de avond had Anne het idee dat ze uit elkaar knapte, maar ze had van elke hap genoten.

Uren hadden ze gepraat. Het was nog nooit gebeurd dat ze door hun gespreksonderwerpen heen waren. Anne kende weinig mannen met wie ze zo fijn kon praten als met Daniel. Hij luisterde altijd en was oprecht geïnteresseerd. Ze had hem verteld over haar vreemde gevoel op kantoor, over haar laptop die open stond en de spullen die verplaatst waren. Daniel had gelachen en gezegd dat hij dat elke dag wel drie keer had. Anne wist ook eigenlijk niet meer waarom ze er gisteren zo mee bezig was geweest. Ze had het zich vast verbeeld. Het kwam misschien door het aparte gevoel dat ze de laatste tijd bij Jeroen had. Ook daar had ze het met Daniel over gehad. Hij kende Jeroen een beetje en mocht hem sowieso niet echt, dus toen Anne had gezegd dat zich afvroeg of Jeroen zijn belastingaangiftes wel op orde had, had hij geknikt en gezegd dat het in Spanje niet eens zo moeilijk was om daarmee te sjoemelen. Maar Daniel had, net als zijzelf, veel vertrouwen in Henk, die zoiets niet zou laten gebeuren. Ze was blij dat Daniel en Henk elkaar mochten. Het ging te ver om te stellen dat ze Henk als vaderfiguur beschouwde, maar dat hij haar keuze goedkeurde, voelde toch fijn. Vanaf het eerste moment was er een klik geweest tussen Daniel en Henk en ze hadden zelfs weleens afgesproken om wat te gaan drinken zonder Anne erbij. Misschien moesten ze Henk binnenkort eens uitnodigen, bedacht ze. Ze had hem de laatste tijd niet veel gezien en Daniel zou het vast leuk vinden om uitgebreid voor hem te koken. Ze maakte een aantekening op haar notitieblok om het aan Daniel voor te leggen.

Daarna concentreerde ze zich op haar scherm. Ze moest echt weer aan de slag. Over minder dan een halfuur stond het gezin Van Lieshout op de stoep. Ze kon maar beter de papieren in orde maken en de sleutel klaarleggen. Haar ervaring was dat pas gearriveerde gasten na een lange reis niet van wachten hielden.

Ze had nog maar net de borgovereenkomst uit de printer gehaald en de sleutel van Villa España op haar bureau gelegd, toen de deur van het kantoor openging. Een man en vrouw van midden veertig kwamen binnen, op de voet gevolgd door twee jongetjes die een even nieuwsgierige als ondeugende blik in hun ogen hadden.

Anne stond op en liep met uitgestrekte hand op de familie af. 'Hallo, welkom. Ik ben Anne.'

De ouders stelden zich voor als Brigitte en Robbert, de jongens mompelden hun namen, die Anne niet kon verstaan. Maar ze wist dat ze Finn en Gijs heetten en tien en acht jaar oud waren. Bij het sluiten van de huurovereenkomst vroeg ze altijd om de namen en leeftijden van alle familieleden, plus scans van hun identiteitsbewijzen. De Spaanse wet vereiste dat ze de gegevens van al haar gasten op verzoek kon overleggen en Anne hield die administratie graag zo compleet mogelijk. Niet dat er ooit controle kwam, maar ze wilde Costa Villas geen slechte naam bezorgen.

Ze wierp een blik op Jeroen, die de gasten kort groette en zich daarna weer op zijn werk richtte. Een beetje meer gastvrijheid zou niet misstaan, dacht ze met een zweem van irritatie. Maar Brigitte en Robbert leken niet op te merken dat haar collega zo kortaf deed. Ze volgden Anne naar haar bureau en namen plaats op de twee stoelen die er uitnodigend tegenover stonden.

'Hè, hè,' zei Brigitte, 'dat was een flinke reis.'

'Zijn jullie in één keer gereden?'

'Ja, we zijn gisteravond vertrokken. 's Nachts rijden is de enige optie als je twee van die druktemakers op de achterbank hebt zitten. Tegen de tijd dat ze om de twee minuten gaan vragen of we er zijn, hebben we het grootste deel van de reis er al op zitten.'

Anne glimlachte. 'Dan zullen jullie nu wel moe zijn. Laten we snel alles in orde maken, dan gaan we daarna naar het huis.'

Brigitte knikte en haalde een enveloppe uit haar tas met de resterende huursom en de borg in cash. Anne telde het geld, borg het op en liet de vrouw de overeenkomst tekenen. Af en toe wierp ze een steelse blik op Jeroen. Hij leek zo op te gaan in zijn werk dat hij nauwelijks merkte dat er überhaupt anderen in het kantoor aanwezig waren.

'Oké,' zei ze met een glimlach naar haar gasten, 'laten we naar het huis gaan. Mijn auto staat hier voor de deur. Jullie kunnen achter mij aan rijden.'

Het duurde even voor de hele familie weer in de auto had plaatsgenomen. Anne wachtte geduldig achter het stuur van haar rode Opel Corsa. Toen haar gasten zover waren, gaf ze richting aan en voegde in in het drukke verkeer op de hoofdweg. Het duurde even voor ze het dorp uit was, maar daarna gaf ze flink gas en nam ze de kustweg richting Sant Antoni de Calonge. Eenmaal daar was het nog maar een klein eindje naar het verder in het binnenland gelegen dorpje Calonge. De vergelijkbare namen van de twee dorpen zorgden nog weleens voor verwarring. Het was zelfs gebeurd dat een stel dat een huis in Calonge had gehuurd, bij aankomst boos op Anne was geworden omdat de gehuurde villa niet op loopafstand van de zee lag. Ze verkeerden in de veronderstelling dat ze een huis in een dorp aan zee hadden geboekt en met de paar minuten die je er met de auto over deed om vanuit Calonge bij het strand te komen, konden ze niet leven. Ze hadden een andere villa geëist, eentje die wel op loopafstand van het stand lag en dan ook nog voor dezelfde prijs, aangezien ze van mening waren dat de basis van de verwarring lag bij de beschrijving van het vakantiehuis op de site van Costa Villas. Anne had ze een appartement aangeboden en toen ze dat weigerden, had ze voorgesteld dat ze ermee leerden leven dat ze een stukje moesten rijden naar het strand. Het had haar een klachtenbrief en een slechte recensie op een van de vele reizigerswebsites opgeleverd. Dat was vervelend, maar sommige gasten waren simpelweg niet tevreden te stellen.

Ze reed een extra rondje om de rotonde tot de donkerblauwe Volvo van de familie Van Lieshout weer achter haar zat en nam toen de weg naar Calonge. Als je niet wist hoe je moest rijden was de juiste route naar Villa España een behoorlijke zoektocht, maar Anne had hem zo vaak gereden dat ze het met haar ogen dicht zou kunnen. Ze sloeg af en schakelde naar de tweede versnelling om de steile weg omhoog te nemen. Een paar scherpe bochten later zette ze de auto stil voor de witte muur die Villa España gedeeltelijk aan het zicht onttrok. Omdat het huis tegen een heuvel was gebouwd, kon je vanaf de straat de bovenverdieping zien, maar de hoge muur bood in elk geval genoeg privacy om ongezien op het voorterras te kunnen zitten. Aan de achterkant, waar het zwembad gelegen was, grensde het huis aan een groot stuk bos, slechts gescheiden door een zandpad waar zelden iemand kwam. Een huis met veel meer privacy zou je in een bebouwde omgeving niet vinden.

Anne stapte uit en zoals altijd keek ze met enige trots naar de bewonderende blikken van haar gasten toen ze de eerste glimp van het huis opvingen.

'Het is prachtig', zei Brigitte enthousiast. 'Nog veel mooier dan op de foto's.'

Robbert viel haar bij, de jongens gluurden door het smalle loophek naar binnen.

'Je kunt je auto aan de achterkant parkeren', legde Anne uit. 'Er is een zandpad en een toegangshek. Ik zal het zo laten zien. Laten we eerst maar even naar binnen gaan.'

Ze zocht aan de bos naar de juiste sleutel en stak die in het slot van het looppoortje. Dat het huis aan de voorkant door de hoge muur en het smalle hekje aan het zicht onttrokken was, was niet alleen prettig voor de privacy maar ook voor de veiligheid. Zoals overal waren ook hier grote villa's doelwit van inbrekers. Het automatische hek aan de achterzijde, dat alleen met een afstandsbediening kon worden geopend, vormde net zo goed een risico, vandaar dat het was voorzien van scherpe, ijzeren punten en een bijna onzichtbaar camerasysteem.

'Hiervoor bevindt zich een mooi zonneterras', wees ze met een professionele glimlach, terwijl ze de familie voorging de trap op richting de voordeur. Zoals bij zoveel villa's in deze omgeving was de trap net als het terras voorzien van terrakleurige tegels, die het mediterrane gevoel versterkten. De witte muren en donkere, houten luiken deden de rest, net als de zinderende zon die het witte pleisterwerk een zuidelijke gloed gaf. De naam van de villa, die met gietijzeren zwierige letters op de muur was bevestigd, zou niet beter gekozen kunnen zijn. Dit huis ademde Spanje uit.

Anne stak de sleutel in het slot en fronste even toen ze merkte dat ze de sleutel niet dubbel kon omdraaien. De deur zwaaide al open. Ze onderdrukte haar irritatie. Altijd hamerde ze erop dat de deuren goed moesten worden afgesloten en dit was niet de eerste keer dat bleek dat de schoonmakers het met die regel niet zo nauw namen. Ze moest straks maar even bellen naar het schoonmaakbedrijf, want dit kon echt niet.

'Bienvenidos', zei ze, terwijl ze niks liet merken en de familie meetroonde. Ze toetste de code van het alarm in en liep verder het huis in. De voordeur gaf direct toegang tot de woonkamer en zou waarschijnlijk maar weinig gebruikt gaan worden. De meest logische manier om de villa te betreden was via de achterdeur, die uitkwam op het overdekte terras, dat weer toegang gaf tot de tuin, twee mooie zonneterrassen en het afgeschermde gedeelte waar het zwembad lag.

'Dit is de woonkamer', wees Anne. De ruimte lag verzonken en was gemeubileerd met twee grote banken en een comfortabele fauteuil. Er was een open haard, die zelden werd gebruikt. Een grote flatscreentelevisie en een collectie dvd's konden voor vertier op regenachtige dagen zorgen, of voor vermaak voor twee kinderen die, naar Anne vermoedde, niet van het soort waren dat rustig een boek ging lezen.

'Ik hoop dat jullie er weinig tijd gaan doorbrengen', zei Anne met een gebaar richting de kamer.

'Dat hoop ik ook', lachte Brigitte. 'Maar over het weer maak ik me geen zorgen. Voor de komende weken wordt alleen maar zon voorspeld.'

'Zoals een Spaanse zomer hoort te zijn', knikte Anne. Ze liep van de woonkamer door naar de keuken en maakte de achterdeur open. 'Gelukkig hoeven jullie niet bang te zijn dat het te warm wordt.' Ze liep het overdekte terras over en presenteerde met enige trots de achtertuin, met als blikvanger het rechthoekige, door een begroeid hek omgeven zwembad.

'Wauw', zei Brigitte. Ze draaide zich om naar de kinderen. 'Kijk eens, jongens. Jullie hoeven je niet te vervelen, geloof ik.' Ze lachte om hun grote ogen en bewonderende blikken. 'Het zijn twee waterratten', vertrouwde ze Anne toe. 'We hebben dit huis uitgezocht op het zwembad. Dan hebben we de hele vakantie geen kind aan ze.'

'Dat kan ik me voorstellen. Zeker met kinderen is een zwembad in de tuin ideaal, en vooral zo'n groot bad als dit. Op verzoek kan het verwarmd worden, maar dat lijkt me niet nodig. Mocht het wel nodig zijn, laat het me dan gerust weten.'

Ze wist dat het verzoek niet zou komen. Met al die weken zon die al achter hen lagen, had het water een heerlijke temperatuur.

'Mogen we zwemmen, mam?' vroeg Finn, de oudste van de twee, verlangend.

'Straks', beloofde Brigitte. 'We moeten eerst de spullen uit de auto halen. Waarom gaan jullie niet alvast uitzoeken welke slaapkamer jullie willen hebben?'

Dat lieten de jongens zich geen twee keer zeggen en ze stormden het huis weer in. Je zou niet zeggen dat het bijna dertig graden was, bedacht Anne. De kinderen renden rond alsof de warmte hen niks deed.

'Er komt eens per week iemand voor het zwembad, altijd op woensdagochtend', vertelde ze nog, terwijl ze terugliep naar het huis. 'Hij heeft een sleutel van het hek en gaat gewoon z'n gang. Je hoeft er niet voor thuis te blijven.' Anne ging de keuken weer binnen. Elders in het huis hoorde ze een deur gaan, waarschijnlijk de twee kinderen die probeerden te bepalen welke slaapkamer de beste keus was. 'Ik zal jullie de slaapkamers laten zien. Er zijn er twee op de benedenverdieping en twee boven. Elke slaapkamer beschikt over een eigen badkamer en...'

Een ijselijke gil kaatste door het huis. Anne hield abrupt haar mond. Haar adem stokte, het geluid galmde na in haar oren.

Brigitte schoot langs haar heen. 'Finn!'

Het duurde een paar seconden voor Anne zich realiseerde dat het een van de jongens was. Er klonk opnieuw geschreeuw. Allebei de kinderen. Ze gilden om hun moeder, hun vader. Gehuil. Paniek.

Even stond Anne als aan de grond genageld. Een gevoel van onheil bekroop haar. Ook Robbert snelde langs haar heen in de richting van waaruit het geschreeuw van zijn kinderen kwam.

'Finn! Gijs!'

'Hier zijn ze!' De stem van Brigitte. Gejaagd en paniekerig. 'Het is... Er is... Robbert, kom snel!'

Anne volgde hem rennend naar de achterste slaapkamer. Het eerste wat ze zag waren de van angst opengesperde ogen van Gijs. Hij had zijn blik gefixeerd op de openstaande deur van de aangrenzende badkamer. De master bathroom, zoals Anne die in haar rondleiding grappend omschreef. Een groot bad in het midden, twee wastafels en een regendouche. De andere badkamers waren ook mooi, maar deze oogstte steevast bewonderende blikken.

Ze hoorde Finn gillen. Het geluid weerkaatste tegen de betegelde badkamermuren en dreef hard en scherp haar oren binnen.

Een fractie van een seconde weifelde ze. Hier was iets vreselijk mis. Wat ze te zien zou krijgen, wist ze instinctief, zou haar leven op z'n kop zetten.

Ze hoorde de kinderen schreeuwen en huilen tegelijk. Brigitte kwam uit de badkamer, wankelend en lijkbleek. 'Ik... Robbert...' stamelde ze.

'Wat? Wat is er? Zijn het de jongens?' Hij rende langs haar heen de badkamer binnen. Anne ging achter hem aan. Robbert ving zijn kinderen op en duwde hen de ruimte uit.

Anne knipperde met haar ogen. Er lag iets. In bad. Het was groot en vlekkerig en het keek naar haar. Ze sloeg haar hand voor haar mond en gilde, maar er kwam geen geluid.

Het draaide in haar hoofd. Haar ogen registreerden, maar haar hersenen weigerden te ontvangen. Even verkeerde ze in het verwarrende gebied daartussen, toen kwam het besef in z'n volle hevigheid binnen.

'Inge!'

Haar kreet weerkaatste tegen de muren. Ze stak haar handen uit, maar trok ze net zo snel weer terug. Bloed, overal was bloed. Het bad was besmeurd, er zaten rode vlekken op de witte kleding. De stof kleefde aan haar huid. Diepe wonden, dat moest wel. Het bloed was vers. De vlekken waren groot. Annes handen zweefden nog steeds in de lucht.

Ze rukte een handdoek van het rek en legde die half over Inge heen. Anne slikte. Waren de wonden levensbedreigend? Ze wist het niet. Er was veel bloed. Haar mond probeerde woorden te vormen, maar ze kon geen geluid maken zonder te gillen. Ze beet hard op haar wang en proefde bloed. Een golf misselijkheid overviel haar, maar ze slikte. Ergens in haar hoofd hamerde het dat ze rustig moest worden. Ze had gasten. Ze moest handelen. Professioneel.

Maar hoe bleef je in godsnaam professioneel? Ze ontmoette de blik. Doodsangst, hulpeloosheid. Door het kleine raam viel een streep licht precies op het gewonde lichaam. Haar handen afgekneld met tape. Of was het touw? Tape op het gezicht, over de mond. Haar ogen bolden bijna uit het gezicht van angst. Anne stak haar handen uit, trok het tape eraf. Inge maakte een hoog geluid, alsof ze probeerde te schreeuwen. Anne voelde een zweem van opluchting. Als ze geluid kon maken, was het in elk geval niet levensbedreigend. Inge bewoog licht, maar het touw dat haar polsen achter haar rug gebonden hield, maakte dat bijna onmogelijk. Haar enkels waren op dezelfde manier behandeld. Het touw sneed in haar vlees. Anne keek om zich heen. Ze moest iets hebben om het los te snijden. Of niet? Moest ze het laten zitten? Flarden van een EHBO-cursus van jaren geleden zweefden door haar hoofd. Het slachtoffer zo min mogelijk bewegen, hoorde ze de instructrice weer roepen. Of was dat alleen bij botbreuken?

'Inge', zei ze opnieuw. 'Rustig maar. Het komt... Het komt goed. Ik ben er.' De woorden hadden sussend moeten klinken, maar kwamen als schelle kreten haar mond uit. In het aangrenzende vertrek hoorde ze de kinderen. Iemand stormde de badkamer binnen. Robbert. Zijn gezicht was rood en wit tegelijk. Hij schreeuwde iets tegen haar. Anne probeerde de woorden te ontcijferen, maar er was geen plek voor in haar hoofd. Haar gedachten centrifugeerden rond, botsten tegen elkaar en schoten een andere kant op. Wie? Waarom? Hoe?

Ze ontmoette Robberts blik. Haar hoofd werd iets helderder. Ze moest iets doen. Hij vuurde vragen op haar af. 'Wat heeft dit... Wie is... Weet je wie dit is?'

Anne keek om. Haar handen bleven zweven tussen haar lichaam en dat van Inge in. Het tape kleefde aan haar vingers. Ze keek. Er zat bloed aan.

'Dit is...' Ze schudde haar hoofd en keek om, alsof ze zelf niet kon geloven dat het echt zo was. 'Inge.' Ze tastte naar haar telefoon, maar realiseerde zich dat die nog in de auto lag. 'Ik moet de politie bellen.'

Robbert trok zijn mobiel tevoorschijn. Anne toetste het alarmnummer in. Nooit eerder had ze dit gedaan, realiseerde ze zich. Meteen was er verbinding, een mannenstem.

'Wat heeft u nodig?'

'Een ambulance. En politie.'

'Adres?'

Ze noemde het. Ze struikelde even over het huisnummer, maar gaf toen het juiste. Tientallen, honderden keren had ze dit adres opgeschreven en genoemd.

'Wat is er gebeurd?'

'Ik weet het niet, ik weet het echt niet.' Paniek begon weer de overhand te nemen. Anne haalde diep adem en sloot even haar ogen. Kalm blijven, dwong ze zichzelf. Ze moest nu handelen, later was er plek voor angst. In korte, zakelijke bewoordingen vertelde ze wat er aan de hand was. De man reageerde met een paar vragen en zei dat er binnen tien minuten hulp zou komen. Anne wilde niet dat hij ophing, ze wilde zijn kalme stem in haar oor houden. Alleen dan kon ze zelf rustig blijven. Maar ze hoorde zichzelf de man bedanken en hing op. Robbert was teruggegaan naar de slaapkamer. Anne keek naar Inge en aarzelde. Ze moest hier zijn, maar ook daar.

In twee passen stond ze in de slaapkamer. Ze wist niet hoe, maar ze hervond haar zakelijke kalmte van zo-even. 'De politie en ambulance zijn onderweg', zei ze. 'Ik weet werkelijk niet wat hier aan de hand is en hoe dit heeft kunnen gebeuren. Ik kan niet zeggen hoe verschrikkelijk ik dit vind. Misschien is het goed als we niet in deze kamer blijven, maar ruimte maken voor de hulpdiensten om hun werk te doen.'

Ze hoorde zichzelf praten. Zelfverzekerd, rustig, alles wat ze nu niet voelde klonk door in haar stem. Het leek te werken, Brigitte en Robbert knikten en liepen achter haar aan de slaapkamer uit, de jongens hadden witte gezichtjes en volgden gedwee. Anne loodste hen naar buiten. Trok stoelen naar achteren, liet hen op het terras plaatsnemen. Ze zou een ander huis moeten regelen, schoot het door haar heen, maar dat was van later zorg.

Ze liet hen achter en snelde weer naar binnen. Ze zette de voordeur open voor de hulpdiensten en rende naar de badkamer. Op de drempel keerde ze om en draafde terug naar de keuken. Lukraak trok ze laden open tot ze een schaar had gevonden.

'Rustig maar', zei ze toen ze de badkamer weer binnen ging en Inges angstige blik zag. 'Ik knip dit los. Ik doe je geen kwaad. Je kent me toch? Ik ben Anne. Ik ben bij je geweest. Met je vader. Henk. Papa.' Ze wist niet hoe Inge hem kende. Bij papa zag ze iets gebeuren in haar blik, een soort verzachting van de angst. 'Papa, ja', herhaalde ze. Misschien kende Inge het woord, misschien begreep ze er helemaal niks van. Anne wist niet eens in hoeverre ze woorden kon begrijpen.

Ze rilde even toen ze de schaar in het strakke touw zette. Het geluid maakte haar angstig, al wist ze niet waarom. Het touw was stevig. Ze zette kracht op de schaar, maar het brak niet.

Snijden, dat zou beter werken. Weer rende ze naar de keuken. In de verte hoorde ze sirenes naderen. Ze trok een mes uit het blok op het aanrecht. Het zag er scherp uit. Ze nam het mee naar de badkamer.

'Stil maar', zei ze toen ze de angst in Inges ogen zag. 'Ik maak je alleen maar los. Ik doe je niks.'

Zouden ze haar met een mes te pakken hebben genomen? Herkende ze het?

Ze sneed de touwen rond Inges enkels en polsen door en pakte de jonge vrouw vast, zodat ze recht overeind kon gaan zitten. De sirenes waren nu dichtbij, ze hoorden het ronken van motoren. Plotseling was het geluid weg en werden er portieren dichtgeslagen. Ze hoorde stemmen die in rap Spaans dingen naar elkaar riepen.

'Ze zijn hier om ons te helpen', zei Anne. 'Je hoeft niet bang te zijn. Ik kom zo terug.'

Ze holde naar de voordeur. Zes agenten en twee ambulancemedewerkers beklommen de treden van de trap. 'Deze kant op!' riep Anne in het Spaans toen ze bijna boven waren. Ze haastte zich voor hen uit naar de badkamer, in een flits zag ze haar gasten die weer binnen waren gekomen en in de keuken toekeken. Naast schrik meende ze een zekere opwinding te zien op de gezichten van de jongens. Ze hoopte dat de komst van de politie hun angst zou verdrijven en dat ze geen trauma zouden overhouden aan de verschrikkelijke vondst die ze hadden gedaan. Ergens in haar hoofd kwam het woord claim op, maar die gedachte drukte ze resoluut weg. Dat kwam allemaal later wel.

'Deze mensen komen om je te helpen, Inge', zei ze, hoewel ze geen idee had of de vrouw er iets van begreep. 'Ze zijn van de ambulance. Dokter.' Misschien was dat een woord dat ze kende? Anne realiseerde zich dat ze Spaans tegen haar praatte, omdat ze Henk dat ook hoorde doen. Jeroen was tweetalig opgevoed, maar gold dat ook voor zijn zus?

'Dit zijn dokters', herhaalde ze in het Nederlands. Ze zag geen herkenning op Inges gezicht. De vrouw probeerde zich naar achteren te drukken, weg bij de handen die haar wilden helpen. Anne staakte haar pogingen haar gerust te stellen.

'Ik moet haar vader bellen', zei ze tegen twee agenten die hen waren gevolgd. 'Maar ik heb geen telefoon.'

Meteen kreeg ze een mobiel in haar handen gedrukt. Ze aarzelde even. Het nummer van Henk kende ze niet uit haar hoofd. Uiteindelijk toetste ze het kantoornummer in. Neem op, neem op, zei ze dwingend in gedachten. Jeroen zou op de zaak moeten zijn, maar zijn gangen waren de laatste tijd moeilijk na te gaan. Ze telde hoe vaak de telefoon overging. Vijf keer, zes keer. Nog twee keer en dan zou de automatische beantwoorder het overnemen. Zeven, acht... Net op tijd hoorde ze een klikje en de stem van Jeroen.

'Met Anne', onderbrak ze hem, terwijl hij nog bezig was de naam van het kantoor te noemen. Heel even overwoog ze hem over Inge te vertellen, maar ze wilde liever Henk spreken. En wel meteen. 'Verbind me door met je vader.'

'Anne? Wat is er aan de hand?'

'Alsjeblieft, Jeroen. Ik leg het later uit.'

'Is alles goed?'

'Nee. Verbind me door met je vader, of geef me anders zijn nummer. Ik bel je terug zodra ik kan.'

'Oké, moment.' Anne hoorde opgelucht hoe ze in de wacht werd gezet. Een paar seonden later had ze Henk aan de telefoon.

'Anne?'

'Henk, kom onmiddellijk naar Villa España.'

'Wat is er aan de hand? Wat klink je...'

'Kom alsjeblieft. Ik leg het je zo uit. Maar je moet nu komen.' Ze wilde hem niet vertellen dat er iets met zijn dochter was. Dan zou hij plankgas en half blind naar het huis rijden en ze wilde geen ongelukken. Nu dacht hij waarschijnlijk dat er iets met het huis aan de hand was en zou hij zich afvragen waarom ze hem daarvoor nodig had.

'Ik kom eraan', zei Henk en hij verbrak de verbinding.

Anne drukte de telefoon weer in de handen van de agent. Ze draaide zich om naar de ambulancemedewerkers. 'Haar vader komt eraan. Tien minuten, denk ik. Kan ze zo lang nog hier blijven, of moet ze meteen naar het ziekenhuis?'

De oudste van de twee keek haar aan. 'We kunnen wel wachten. Ze heeft diverse vleeswonden die gehecht moeten worden, maar ze is niet in levensgevaar. Ze heeft kneuzingen en ik denk dat er een röntgenfoto van haar borstkas moet worden gemaakt. Misschien is er een rib gebroken.'

Anne liet haar adem ontsnappen. 'Komt het weer goed? Houdt ze hier iets aan over?'

De man schudde zijn hoofd. 'Zoals het zich laat aanzien denk ik dat dat wel meevalt. Maar het zijn pijnlijke verwondingen en ze zal hier best een tijdje last van houden.' Hij wierp een blik op Inge. 'Ik denk dat ze in shock verkeert. Ze geeft geen antwoord op vragen en is duidelijk erg bang.'

'Ze kan nauwelijks praten', zei Anne. 'Ze is meervoudig gehandicapt. Ze kan ook niet lopen en ze heeft het verstandelijke vermogen van een kind van zes.'

De man trok zijn wenkbrauwen op. 'Aha.'

Anne schudde langzaam haar hoofd. 'Wie doet nou zoiets?' vroeg ze meer aan zichzelf dan aan de ambulancebroeder. Die gaf ook geen antwoord, maar legde een bebloed gaasje aan de kant en verving het voor een nieuw. Anne ving een glimp op van een van de wonden op Inges buik. Ze huiverde en slikte om opkomende misselijkheid tegen te gaan. Ze sloot even haar ogen. Honderden vragen kwamen in haar op. Dit was geen inbraak, dit ging niet om geld of spullen. Dit was een gerichte actie. Villa España, Henks dochter – wie dit ook op z'n geweten had, had er alles aan gedaan om duidelijk te maken dat Henk of Jeroen, of Costa Villas, hier het middelpunt van was. Was het een waarschuwing? Maar waarvoor?

Ze duwde de vragen weg. Dit was nu niet het belangrijkste. Ze ging op de badrand zitten en pakte aarzelend Inges hand. Die was klam. Ze kneep er even in, maar kreeg geen reactie.

'Rustig maar', prevelde ze, ook tegen zichzelf. 'Het komt allemaal goed.'

Buiten klonk het geluid van een auto die hard remde en een portier dat haastig werd dichtgesmeten. De scharnieren van het hek knarsten, rennende voetstappen op de trap.

'Anne!' Het was Henk. 'Wat is hier aan de hand?'

Ze liet Inges hand los en holde naar de gang. 'Henk, je moet niet schrikken', zei ze, terwijl ze zich realiseerde dat wanneer iemand dat zei, je zeker wist dat je op het punt stond enorm te schrikken.

'Wat is er aan de hand?' herhaalde hij. Hij pakte haar bij haar bovenarmen, alsof hij haar door elkaar wilde schudden om het antwoord te krijgen.

'Het is Inge', zei Anne. Ze durfde hem niet aan te kijken. Ze voelde hem verstrakken, zijn greep werd harder, zijn stem hoger.

'Hoe bedoel je? Wat is er met Inge? Er staat een ambulance...' Hij vloekte, er klonk angst in door. 'Waar is ze?'

'In de badkamer.' Anne liep voor hem uit, alsof ze op die manier een buffer kon vormen voor wat hij toch wel te zien zou krijgen.

De mannen van de ambulance hadden Inge inmiddels uit het bad getild en op de brancard gelegd. Anne zag rode striemen op haar enkels, die donkerpaars begonnen te kleuren. Toen werd er een laken overheen gelegd.

Achter zich hoorde ze Henk naar adem happen. Ze bekeek het tafereel door zijn ogen. Het bloed in het bad, zijn dochter op de brancard, twee agenten in de hoek van de badkamer.

'Inge!' Het klonk als een rauwe schreeuw. Daarna brak zijn stem. 'Wat hebben ze met je gedaan? Liefje, wat... Wie...' Hij pakte haar hand, liet die weer los en pakte hem opnieuw. Hij legde zijn andere hand op haar lichaam om hem meteen weer terug te trekken. Inge maakte een geluid, het klonk iets rustiger, minder angstig.

Henks blik gleed over de verwondingen aan Inges armen, die boven het laken uit te zien waren. Ze waren vakkundig verbonden, maar op sommige plekken kwam het bloed door het witte verband heen. Hij keek om naar Anne, terwijl hij de hand van zijn dochter opnieuw vastgreep. Van zijn gezicht spraken duizenden vragen en evenzoveel emoties. Woede, vertwijfeling, verdriet, pijn.

'Wat is hier gebeurd?'

'Ik weet het niet', zei Anne met wanhoop in haar stem. 'Ik weet het echt niet. Ik kwam aan met de gasten en was bezig met de rondleiding door het huis. Ineens begonnen de kinderen te schreeuwen en toen ik ging kijken...' Haar stem stierf weg. Ze keek Henk aan. 'Wie heeft dit gedaan?'

Zijn blik verhardde zich, er kwam een vastberaden trek rond zijn mond. 'Dat weet ik niet, maar ik ga het tot de bodem uitzoeken. En reken maar dat die klootzak zijn straf niet zal ontlopen.'

Weer een geluid van Inge, haar lippen bewogen alsof ze een woord wilde vormen. Meteen werden Henks trekken zachter. 'Rustig liefje, kalm maar. Je hoeft niet bang te zijn.' Hij streek over haar haar. 'Niet meer.'

'Gaat u mee naar het ziekenhuis?' vroeg de jongste ambulancemedewerker.

Henk knikte. Hij keek naar Anne. 'Blijf jij hier?'

'Ja. Ik moet nu onze gasten opvangen. En de politie zal ook wel wat dingen willen weten.'

‘Zodra ik kan, kom ik terug. Ik wil dat het onderzoek grondig wordt gedaan.’ Hij dacht na. ‘Ik ken de hoofdcommissaris. Misschien moet ik hem bellen.’

‘Dat kan later nog’, zei Anne. ‘Ga maar met Inge mee, ik zorg dat het hier allemaal wordt geregeld. Bel me als je meer weet.’

‘En jij mij.’

Ze beloofde het en keek toe hoe de brancard de badkamer uit werd gereden. Henk riep nog wat dingen naar de politieagenten, zoals het tehuis waar Inge woonde en dat daar iemand naartoe moest. De mannen knikten en een van hen pakte zijn telefoon. Hij liep weg om een gesprek te voeren.

Anne liet haar blik gaan over de bloedvlekken in bad en op de tegelvloer. Zelfs op de muur zaten bloedspetters. Ze zocht om zich heen naar een schone handdoek, maar zag dat de mannen van de ambulance alle beschikbare handdoeken hadden gebruikt. Alleen het gastendoekje bij de wastafel was nog over.

‘Niet doen’, zei de agent die in de badkamer was achtergebleven in het Spaans, toen Anne het pakte en bloed wilde wegvegen. Haar hand bleef in de lucht zweven, ze keek naar het doekje. Alsof het ook veel zin zou hebben.

‘Dit is een plaats delict, het is belangrijk dat alles zo veel mogelijk intact blijft’, legde de man uit. ‘Nu het slachtoffer naar het ziekenhuis is gebracht, beginnen wij het onderzoek.’

Misschien kwam het door de formele toon in zijn stem, maar nu pas leek bij Anne het besef door te dringen wat hier eigenlijk was gebeurd. Haar handen begonnen te beven. Het gastendoekje viel op de grond, net naast een groepje bloedspetters. De agent raapte het op en deponeerde het in de wasbak. Daarna legde hij zijn hand op Annes rug en duwde haar met zachte dwang de badkamer uit. ‘Zodra we hier klaar zijn, kom ik weer bij je. Mijn collega's wachten buiten op je.'

Anne bleef staan in de slaapkamer. Ze was al zo vaak in deze ruimte geweest en toch kwam die haar nu vreemd voor. De witte, marmeren vloertegels met een ingebakken zwart motief. Het tweepersoonsbed met lichtgeel beddengoed en de twee bedlampjes met een voet die versierd was met bloemen. De gelambriseerde deurtjes van de inbouwkast waren wit geverfd, maar konden een nieuw laagje gebruiken. Het stond op de planning voor het najaar, na het seizoen. Niet in de zomer. Villa España was volgeboekt.

Even bekroop haar een gevoel van paniek. Hoe moest dat nou? De komende drie maanden was het huis bijna geen dag mee vrij. Ze kon al die mensen toch niet afbellen? Hoelang zou dat onderzoek gaan duren?

Doe normaal, sprak ze zichzelf in gedachten toe. Het politieonderzoek zou echt geen weken in beslag nemen. Hooguit een paar dagen, en zelfs daar twijfelde ze aan. Daarna was het een kwestie van opruimen en schoonmaken en de volgende gasten zouden niet weten wat zich hier had afgespeeld. Heel vluchtig liet ze de gedachte toe dat ze opnieuw naar het huis zou moeten gaan, met nieuwe gasten. De rondleiding, de badkamer... Ze huiverde en dwong zichzelf aan iets anders te denken. Later zou ze zich er druk om maken.

Nu moest ze aan de familie Van Lieshout denken. En ze moest Jeroen bellen.

Ze liep naar buiten en haalde haar telefoon uit de auto. Negen gemiste oproepen, allemaal van Jeroen. Ze haalde diep adem en terwijl ze opnieuw de trap naar de villa besteeg, belde ze hem terug.

'Wat is er aan de hand?' vroeg hij toen hij opnam.

'Je moet niet schrikken', zei ze, zich voor de tweede keer realiserend dat het een onzinnige opmerking was. Ze haalde diep adem en vertelde hem alles. Een paar keer onderbrak Jeroen haar. Ze probeerde zijn vragen te beantwoorden, maar hij wilde dingen weten die ze zelf niet wist.

'Ik kom daarheen', zei hij uiteindelijk, toen ze klaar was met haar relaas.

'Dat hoeft niet.'

'Jawel, dat moet wel.'

Voordat ze nog iets kon zeggen, had hij opgehangen. Ze liep weer naar binnen.

De zes agenten waren bezig met onderzoek in het huis. De oudste van het stel, die blijkbaar de leiding had, begeleidde haar naar het terras aan de achterkant. 'We zijn momenteel op zoek naar sporen en daarom is het beter als u zo veel mogelijk buiten blijft', zei hij beleefd maar dwingend.

Anne knikte, haalde diep adem en vermande zich. Brigitte en Robbert keken haar verwachtingsvol aan. Ze probeerde de knop in haar hoofd om te zetten, het beeld van Inge kwijt te raken.

'Ik kan niet zeggen hoe vervelend ik dit vind', zei ze. Haar stem klonk gemaakt en formeel, hoorde ze. 'Ik weet niet wat hier aan de hand is, maar we zullen het tot de bodem uitzoeken. Natuurlijk zullen we een andere villa regelen en is jullie verblijf geheel voor onze rekening.'

Holle woorden, vond ze zelf. Alsof geld ineens het belangrijkste was. Maar ze zag Brigitte en Robbert knikken, er sprak waardering uit de blik op hun gezicht.

'Zodra we hier weg kunnen, gaan we naar kantoor en dan breng ik jullie daarna naar de andere villa.' Anne probeerde zich te herinneren welke huizen beschikbaar waren, maar daarvoor moest ze het reserveringssysteem raadplegen. Veel huizen waren geboekt, wat dat betreft had de timing niet slechter kunnen zijn.

Ze schrok van haar eigen gedachten. Inge was getraumatiseerd, misschien wel voor altijd, en zij maakte zich druk over timing?

De stem van Brigitte doorbrak haar gedachten. 'Ik begrijp er niets van. Wie is die vrouw? Jij kent haar, toch?'

Anne knikte. 'Het is de dochter van de eigenaar van Costa Villas. De voormalige eigenaar, moet ik zeggen, want hij heeft de zaak inmiddels aan zijn zoon overgedragen. Inge is...' Ze aarzelde even. 'Ze woont in een tehuis, omdat ze meervoudig gehandicapt is.'

'En nu ligt ze hier in de badkuip', zei Brigitte. Anne wist niet wat ze met die opmerking aan moest.

'Ik begrijp er niks van', herhaalde ze nog maar eens, terwijl ze probeerde het beeld van de vastgebonden Inge kwijt te raken en zich realiseerde dat het nog heel lang zou duren voordat dat zou lukken.

3

'Maar welke sporen zijn er dan gevonden?' Anne nam een slok van haar lauw geworden water. Het vocht had de smaak van het plastic bekertje overgenomen en ze slikte moeizaam. Haar mond was droog, maar het water hielp niet. Ze wilde weg, naar buiten, deze bedompte kamer uit. De ruimte was de enige van het hele gebouw zonder airconditioning, vermoedde ze. Ze zat hier nu bijna een uur en het zweet prikte op haar rug.

De rechercheur aan de andere kant van de tafel maakte een weinig gemotiveerde indruk. Hij beantwoordde haar vraag niet, maar zei: 'We zijn nog met het onderzoek bezig.' Veel meer leek hij niet te melden te hebben. Anne kreeg de indruk dat de politie niet echt een idee had in welke richting ze de daders moesten zoeken. En de gedrevenheid om die daders te vinden, droop er ook niet bepaald van af. De agent had haar vragen gesteld over wat ze vandaag had gedaan voor ze naar het huis ging, en of haar toen iets vreemds was opgevallen. Natuurlijk niet, had ze geantwoord. Alsof ze de hele dag al om zich heen had gekeken, op zoek naar vreemde personen, voorwerpen of gebeurtenissen. Het was een dag als alle andere geweest, tot ze bij het huis aan was gekomen. Daar had de agent ook vragen over gesteld. Was haar daar dan ook niks opgevallen? Auto's die ze had gezien, mensen die op straat waren? Anne had geprobeerd alles terug te halen wat ze had geregistreerd, maar dat bleek bar weinig te zijn. Op weg naar Villa España had ze voornamelijk in haar achteruitkijk spiegel gekeken om zeker te weten dat haar gasten haar konden bijhouden. En eenmaal bij het huis, was er niks geweest dat haar aandacht had getrokken. Natuurlijk kon ze zich nu wel voor haar kop slaan dat ze niet beter om zich heen had gekeken en dat ze mogelijke sporen had gewist toen ze door het huis liep, maar hoe had ze het moeten weten?

Anne nam nog een slok plasticwater. 'Ik begrijp er niks van', zei ze voor de zoveelste keer. 'Het huis is goed beveiligd.'

'Het alarmsysteem was uitgeschakeld.'

'Ik heb dat gedaan toen ik binnenkwam.'

'Volgens de gegevens van de centrale stond het al een paar uur uit. Was het wel ingeschakeld toen u binnenkwam?'

Anne probeerde zich het moment te herinneren. Ze had de code bijna automatisch ingetoetst en eigenlijk had ze er niet echt op gelet of het wel aanstond. Ze was gewoon ervan uitgegaan dat dat zo was.

'Ik weet het niet zeker', zei ze eerlijk.

'En de voordeur was niet op slot, zei u.'

'Ja, maar ook al is die niet dubbel op slot gedraaid, dan nog heb je een sleutel nodig om de deur te openen. Maar nogmaals, ik denk dat dat door de schoonmakers is gekomen. Ze zijn wel vaker slordig.'

'Dat wordt uitgezocht', zei de rechercheur toen Anne er een opmerking over maakte. 'Als het niet de mensen van de schoonmaak waren, moeten we ervan uitgaan dat de daders beschikten over sleutels en codes.'

Anne gromde licht. 'Dat is onmogelijk. Die zijn alleen bekend bij de mensen van ons kantoor. En zowel de sleutel als de reservesleutel was gewoon in de sleutelkast aanwezig.'

De agent keek haar aan met een licht meewarige blik. 'Het is vandaag de dag niet zo heel ingewikkeld om aan sleutels te komen. Stel dat ze op kantoor hebben ingebroken, de sleutel hebben meegenomen en die hebben laten namaken. Dan zou de sleutel op z'n plek hangen voor u 's ochtends aan het werk gaat en u zou nooit merken dat de sleutel die nacht een paar uur weg is geweest. En een code kraken is met de juiste apparatuur ook niet eens zo ingewikkeld.'

Heel even dacht Anne aan het openstaande sleutelkastje. Daarna schudde ze haar hoofd. Dat sloeg nergens op. Het was midden op de dag geweest en het was veel logischer dat ze zelf vergeten was het dicht te doen. Alsof er op klaarlichte dag iemand naar binnen liep, een sleutel liet bijmaken en weer terughing en dat alles terwijl zij toevallig even weg was.

'We moeten dat uitzoeken', zei de agent, toen ze het voorval noemde. 'Natuurlijk zijn we bij Costa Villas geweest, maar daar hebben we vooralsnog niks kunnen vinden. Zeker geen sporen van braak.'

'Zijn er camera's rond het huis?' vroeg Anne. Ze realiseerde zich dat ze van dit soort details over de beveiliging helemaal niet op de hoogte was.

De agent schudde zijn hoofd. 'Nee, jammer genoeg niet.'

Anne huiverde. Misschien had Inge wel uren in de badkamer gelegen voor ze was gevonden. Het idee maakte haar misselijk. Zouden de daders hebben geweten hoe laat ze zou aankomen? Zouden ze haar in de gaten hebben gehouden? Een onaangenaam gevoel bekroop haar.

'Ik heb geen vragen meer', zei de agent. Hij sloeg zijn notitieblok dicht.

Anne had niet het idee dat hij ontzettend veel aantekeningen had gemaakt.

'En nu?' vroeg ze.

'Nu kunt u gaan.'

Ze slikte een geërgerde opmerking in. 'Ik bedoel: wat gaat u nu doen?'

'We gaan verder met het onderzoek.'

Anne had zin om de man aan zijn boord over tafel te trekken. Maar ze hield zich in en zei: 'Ik hoop dat de daders snel worden gepakt.'

'We doen ons best.'

Een halfuur later hoorde Anne die laatste woorden in gedachten opnieuw, terwijl ze vanaf haar balkon met nietsziende ogen naar de zonsondergang staarde. We doen ons best. Ze had die indruk bepaald niet, ze kende de verhalen over de Policía Local maar te al goed. Zelf had ze geen ervaring, maar van collega's en huizenbezitters had ze vaak genoeg gehoord dat de politie bij woninginbraak weinig meer deed dan een halfslachtig onderzoek, het opnemen van de schade en het opstellen van een verklaring voor de verzekering. En dat terwijl inbraken aan de orde van de dag waren en er steeds vaker verhalen over georganiseerde bendes de ronde deden. Anne wist niet wat daarvan waar was, maar de verhalen die ze hoorde waren heftig. Bewoners die onder bedreiging van een vuurwapen werden gedwongen hun kluis te openen, of die werden vastgebonden terwijl dieven de boel leegroofden. Zaken die door de politie wel serieus werden genomen, maar die ook vrij snel in het archief belandden met het stempel "onopgelost". Wat zouden ze dan doen met een zaak waarbij weliswaar sprake was van mishandeling, maar waarbij slechts één slachtoffer betrokken was dat hen niet of nauwelijks van informatie kon voorzien, en waarbij helemaal niks was gestolen?

Niet dat er veel te stelen viel in Villa España, bedacht Anne terwijl ze de wijnfles uit de koeler op de grond pakte en haar glas nog eens vol schonk. Condensdruppels zetten zich af tegen de binnenkant van het glas. Ze staarde ernaar terwijl er opnieuw allerlei vragen door haar hoofd gingen. Als je uit was op een flinke buit, zou je niet inbreken in een villa waarvan iedereen wist dat die toebehoorde aan een makelaars- en bemiddelingskantoor. In een vakantiehuis bestond de inboedel uit wat niet al te dure meubels en een collectie keukengerei. Dat dit geen inbraak was, stond als een paal boven water.

Anne knipperde met haar ogen. Haar gedachten leken in cirkeltjes rond te gaan. Ze liet haar blik over de horizon glijden. Het zou binnen een kwartier helemaal donker zijn. Normaal gesproken kon ze ontzettend genieten van het uitzicht vanaf haar ruime balkon. Hoelang ze hier ook woonde, de aanblik van de zee, het strand en daarvoor de boulevard met z'n slenterende voorbijgangers verveelde haar nooit. Ze vond het heerlijk om na haar werk thuis te komen, een glas wijn in te schenken en een tijdje op het balkon te zitten.

Maar vandaag kon het uitzicht haar niet boeien. Ze probeerde de draaimolen van haar gedachten te doorbreken. Wat wilden de daders duidelijk maken? Een signaal, een waarschuwing? Of ging het om iets anders, iets groters? Een afrekening?

Ze schudde haar hoofd. Doe normaal. Dit was de Costa Brava, geen Hollywoodfilm.

Maar toch... De daders moesten in elk geval hebben geweten dat er vandaag iemand naar Villa España zou gaan. Dat vereiste op z'n minst enige voorkennis.

Ze haalde diep adem. Natuurlijk hadden ze voorkennis. Ze wisten veel, zo niet alles, over Henk en ook over Costa Villas. Ze wisten in welk tehuis Henks dochter woonde en ze wisten hoe ze bij haar moesten komen. Dat betekende dat ze op de hoogte waren van Inges kamernummer en dat was opvallend, want Henk had Anne weleens verteld dat het tehuis nooit dergelijke informatie aan derden verstrekte. Ze had toen nog lachend gevraagd waar ze bang voor waren, maar Henk had geantwoord dat het maar goed was dat de regel bestond. Anne had hem niet gevraagd waarom. Alsof iemand een van de zwaar gehandicapte bewoners zou willen ontvoeren, had ze toen nog gedacht.

Zou Henk geweten hebben dat er een risico was? De gedachte schoot door haar heen en maakte dat ze even huiverde. Dat kon toch niet? Hij maakte die opmerking meer dan een jaar geleden en Anne zou er nooit meer aan hebben gedacht als dit niet was gebeurd. Natuurlijk bedoelde hij er niks mee. Hij was gewoon blij dat zijn dochter goed werd verzorgd in het tehuis, en dat hij haar daar met een gerust hart kon achterlaten.

Maar het moest met Henk of Jeroen te maken hebben, of met hen allebei. Ze had gehoopt dat ze hen nog zou spreken, maar Henk was nog in het ziekenhuis waar Inge een nachtje ter observatie was opgenomen en Jeroen was nadat hij bij de politie was geweest naar kantoor gegaan. Anne had hem kort gesproken, waarna hij haar aanbod om ook te komen had afgewezen. Ga maar naar huis, had hij gezegd. Even bijkomen, want het was niet niks wat ze had meegemaakt.

Ze twijfelde nog steeds of het oprechte zorgzaamheid was geweest of dat hij haar nu liever niet op kantoor wilde hebben. Ze nam nog een slok wijn, liet de vloeistof even in haar mond rondgaan en slikte toen. Het kon geen toeval zijn. Jeroens vreemde gedrag, haar vermoedens dat er iets niet in de haak was en nu dit. Natuurlijk was hij niet echt bezorgd om haar, ze twijfelde er ernstig aan of zulke gevoelens in Jeroens woordenboek voorkwamen. Hij wilde haar daar niet hebben. Wat het ook was wat hij deed, zij mocht het niet zien.

Had hij vijanden? Vijanden die in staat waren ongezien een vrouw mee te nemen uit een redelijk beveiligd tehuis, en die er geen been in zagen om haar te mishandelen, te knevelen en vervolgens in te breken om haar achter te laten? Als dat Jeroens vijanden waren, waren het geen jongens die uit waren op een beetje kattenkwaad. Dan ging het om serieuze zaken.

Ze probeerde zich zijn reactie van vanmiddag te herinneren. 'Dat moet wel', had hij gezegd toen ze hem had verteld dat hij niet naar het huis hoefde te komen. Hoe had zijn stem geklonken? Was hij eigenlijk wel net zo verbijsterd geweest als zij? Of had hij zien aankomen dat er iets zou gebeuren?

Dat was moeilijk te geloven. Als Jeroen het idee had gehad dat zijn zusje gevaar liep, had hij maatregelen genomen. Zij mocht hem dan afstandelijk vinden, maar voor Inge ging hij door het vuur, dat wist ze zeker. Hij zou haar niet willens en wetens in gevaar hebben gebracht.

Maar Henk... Zou hij er dan iets mee te maken hebben? Ze had moeite dat te geloven. Hij had zich juist teruggetrokken uit het bedrijf. Nooit was er iets gebeurd, en nu hij niet langer Costa Villas leidde, kregen ze hiermee te maken. Zou hij het weten als er iets speelde? Zou Jeroen zijn vader dan in vertrouwen nemen? Ze wist het niet. Jeroen leek haar meer het type dat eventuele problemen afdekte tot hij echt niet meer kon ontkennen dat er iets mis was en het eigenlijk al te laat was. Maar nu kon hij toch niet doen alsof er niks aan de hand was? Niet alleen was Inge erbij betrokken, het ging ook om de goede naam van Costa Villas. Ze hoopte maar dat Brigitte en Robbert van Lieshout geen ruchtbaarheid zouden geven aan wat hen was overkomen. Ze had hun een villa gegeven die groter en duurder was dan het huis dat ze hadden gehuurd en ze had beloofd de huursom morgen meteen terug te storten. Ze hadden gezegd dat ze vonden dat Costa Villas de zaak netjes had afgehandeld en dat ze er alsnog een mooie vakantie van zouden maken. Anne had aan hun gezichten gezien dat ze zich terdege realiseerden dat ze een veel luxer huis hadden gekregen en ze hadden meerdere keren gezegd dat ze het waardeerden dat ze niks hoefden te betalen. Vooralsnog was ze niet bang voor slechte recensies op internet of een telefoontje naar een Nederlandse krant, waar ze vast van dit verhaal zouden smullen. Anne zag de kop al voor zich: "Droomvakantie wordt nachtmerrie". Ze nam zich voor Brigitte en Robbert morgen nog even te bellen om te vragen of alles in orde was. Of misschien moest ze langsgaan om een fles wijn te brengen, en de stemming peilen. Als er ook maar iets was wat erop wees dat ze toch ontevreden waren, kon ze meteen ingrijpen. Hoewel ze eigenlijk niet wist wat ze nog meer moest doen. Ze had tegen Jeroen gezegd hoe ze de familie tegemoet was gekomen. Hij had kort geknikt en was er verder niet op ingegaan. Blijkbaar vond hij dat ze het goed had afgehandeld. Of hij had andere dingen aan zijn hoofd. Dat laatste leek haar onder de omstandigheden de meest waarschijnlijke optie.

Ze keek op haar horloge. Misschien moest ze toch nog even langs kantoor gaan. Wat was Jeroen aan het doen, na wat er vanmiddag was gebeurd? Wellicht kon ze meer te weten komen door nu gewoon binnen te vallen. Hij verwachtte haar niet. Maar aan de andere kant, ze kon moeilijk via de achterdeur naar binnen sluipen en als ze gewoon binnenstapte, zou hij echt wel zorgen dat ze niks te zien of te horen kreeg. Misschien was hij er al niet eens meer. Of misschien had ze het wel fout en was er niks aan de hand. Ze draaide haar glas rond in haar hand. Dat was een prettige gedachte. Het zou fijn zijn als ze morgen weer gewoon naar kantoor kon gaan, alsof er niks was gebeurd, en ze zich druk kon maken om niks anders dan dat er morgen vijf nieuwe families arriveerden en allemaal tussen één en vier. Als ze niet zou hoeven inzitten over wat ze zou aantreffen, als ze niet angstig elke kamer van de verhuurde villa's zou moeten doorlopen. Geen politie, geen vastgebonden Inge. Ze nam een slok. Als er toch eens niks aan de hand was... Ze schudde haar hoofd. Ze wilde het graag geloven, maar het was niet realistisch.

Ze keek om toen ze binnen een geluid hoorde. Er ging een deur open en de gestalte van Daniel verscheen in de kamer. Hij had een tas in zijn hand, inkopen van de supermarkt. Ze kreeg een warm gevoel. Nadat ze hem vanmiddag had gebeld om te vertellen wat er was gebeurd, had hij gezegd dat hij zijn zakelijke eetafspraak zou afzeggen en naar haar toe zou komen om voor haar te koken. Toen hij dat zei, voelde Anne zich meteen beter.

Hij liep het terras op. *Hola cariña*, zei hij in het Spaans.

Anne stond op en liet zich door hem kussen. Ze voelde zijn armen om haar heen en legde haar hoofd tegen zijn schouder. Ze snoof zijn geur op. Mannelijk, kruidig, en vertrouwd. Daniel gaf een kus op haar haar en wreef over haar rug. 'Wat een dag heb je gehad.'

Anne keek naar hem op. Zijn donkerbruine ogen straalden bezorgdheid uit. Hij had een baardje van een dag, precies zoals ze het mooi vond. Ze liet haar vinger eroverheen glijden. Het maakte een raspend geluid. 'Zeg dat wel.'

Daniel liet haar los en hield haar op armlengte afstand. 'Gaat het wel?'

'Ja, het gaat.'

'Weet de politie al iets?'

'Nee, volgens mij niet. En ik vraag me af of ze nou zo heel hard bezig zijn met het onderzoek. Het is geen inbraak, geen overval, het is gewoon een heel vreemde zaak. Maar wel eentje die volgens mij binnenkort op de stapel belandt en dan zal de politie er niet veel meer aan doen.'

Daniel knikte. 'Als er niks is gestolen, zou dat best eens kunnen.'

'Nee, niks. Dat zou ook wel een vreemde inbraak zijn. Eerst iemand in de badkuip leggen en er dan met spullen vandoor gaan.'

'Ja.' Daniel keek nadenkend. 'En Inge kan ook geen informatie geven?'

Anne haalde haar schouders op. 'Misschien dat Henk iets te weten kan komen, hij en Jeroen zijn de enige die Inge kunnen begrijpen. Maar eerlijk gezegd denk ik dat we er niet zo veel mee opschieten. Je moet niet vergeten dat ze verstandelijk zeer beperkt is. Als ze zich al iets herinnert, zal het niet veel zijn. En ze heeft natuurlijk een enorm trauma.'

'Wat een laffe actie', zei Daniel hoofdschuddend. Hij keek langs Anne heen naar de zee, die nu bijna helemaal in het donker gehuld was. 'En waarom?'

'Tja, ik...' Ze staarde even voor zich uit en schudde toen haar hoofd. Ze had geen zin meer om hierover te praten. Ze wilde haar gedachten over Jeroen met Daniel delen, maar niet vanavond. Nu wilde ze haar zinnen verzetten en aan iets leuks denken. 'Ik weet het niet', zei ze daarom schouderophalend. Ze wees naar de plastic tas die Daniel binnen had neergezet. 'Wat heb je voor lekkers gehaald?'

Anne keek naar de cijfers van haar digitale wekker. Iets over halfzeven. Naast zich hoorde ze Daniels regelmatige ademhaling, ze voelde zijn warmte en zijn rust. Die rust had zij vannacht niet kunnen vinden. Na lang woelen was ze uiteindelijk in slaap gevallen, om nog geen uur later weer wakker te schrikken uit een droom waarin ze alles opnieuw beleefde, maar deze keer was de dader nog in huis en was zij zijn nieuwe doelwit. Net op het moment dat hij haar te pakken kreeg, was ze met een schreeuw wakker geschrokken. Daniel had gemompeld in zijn slaap. Als hij eenmaal sliep, kon je een kanon naast zijn oor afschieten.

Ze was opgestaan, had water gedronken en was weer in bed gaan liggen, maar ze had de slaap niet meer kunnen vatten. Uiteindelijk was ze uit bed gegaan en had ze een tijdje op het balkon gezeten. De beelden lieten haar niet los en toen ze tegen de ochtend weer in bed was gekropen, had ze nauwelijks haar ogen dicht durven doen. Niet dat het veel zin had om dat wel te doen, van slapen kwam toch niks meer. Ze had de wekker zo'n beetje elke minuut zien verspringen. Met een zucht sloeg ze het klam geworden laken terug en ging op de rand van het bed zitten. Als ze toch wakker was, kon ze net zo goed vroeg naar kantoor gaan. Het zou fijn zijn om er nog even alleen te zijn voor Jeroen kwam. Ze wist niet goed wat ze tegen hem moest zeggen. Natuurlijk zouden ze het over de gebeurtenissen van gisteren hebben, maar het zou aan de oppervlakte blijven. Want hij wist meer, daar was ze na uren van nachtelijk piekeren zo goed als zeker van. Ze had een tijdje nagedacht over de mogelijkheid hem op de man af te vragen wat er aan de hand was. Als hij zou zeggen dat hij het niet wist zou ze glashard antwoorden dat ze dat niet geloofde en zou ze hem wijzen op zijn vreemde gedrag en de belasting enveloppen.

Maar uiteindelijk had ze die mogelijkheid weer laten varen. Hij kon makkelijk ontkennen en als ze eerlijk was, wist ze niet eens zeker of die enveloppen wel iets te betekenen hadden. Jeroen zou in elk geval niet zeggen dat ze gelijk had en haar vervolgens alles opbiechten. Ze was tot de conclusie gekomen dat ze maar beter haar mond kon houden en hem het idee kon geven dat ze geloofde wat hij zei. Als ze wilde uitzoeken wat er aan de hand was, moest hij juist denken dat ze niks doorhad.

Terwijl ze de douche opendraaide en het lauwe water over haar verhitte lichaam liet stromen, dacht ze aan wat de gevolgen zouden kunnen zijn. Wat als ze iets ontdekte? Wat als het iets was wat niet door de beugel kon? Bij wie kon ze dan terecht? Als ze iemand in vertrouwen nam, zou haar dat haar baan kunnen kosten. Haar baan waar ze erg van hield. En buiten dat, de banen lagen zeker vandaag de dag niet meer voor het oprapen. Moest ze niet gewoon haar werk doen en zich niet met Jeroens zaken bemoeien?

Ze masseerde shampoo in haar haar en liet die mogelijkheid door haar hoofd gaan. Maar die werd verdreven door de terugkerende beelden. Het bloed, de touwen, de striemen, de doodsangst in Inges ogen. Ze schudde haar hoofd en spoelde de shampoo uit. Ze kon dit toch niet laten gebeuren?

Even later stond ze voor de spiegel en pakte een mascararoller. Haar gezicht had er weleens beter uit gezien. Slaapgebrek was haar altijd meteen aan te zien, ze had wallen onder haar ogen en haar huid was bleek. Ze draaide de mascara open en probeerde met make-up te maskeren dat ze een vrijwel doorwaakte nacht had gehad, wat maar ten dele lukte. Ter compensatie van haar fletse gelaat koos ze een turquoise jurkje waarvan ze wist dat het haar goed stond. Ze keurde het resultaat in de spiegel en knikte enigszins tevreden. Snel schoot ze in haar aquakleurige espadrilles, pakte haar tas en kuste een slaperige Daniel gedag.

Vijf minuten later wandelde ze de straat van het kantoor in. Het was rustig op dit tijdstip. Alle winkels waren nog gesloten, de paar restaurants die ontbijt serveerden hadden hun deuren geopend, maar klanten waren er nog nauwelijks. Anne ging naar binnen bij een kleine brasserie en haalde een croissant en een café con leche. Ze zou eigenlijk espresso moeten drinken, bedacht ze terwijl ze naar buiten liep. De sterke koffie zou vast het zware gevoel in haar hoofd verdrijven. Maar helaas vond ze koffie alleen lekker als er feitelijk meer melk dan koffie in de beker zat. Babykoffie, noemde Daniel het.

Met de koffie en het zakje met de croissant onhandig in één hand zocht ze in haar tas naar haar sleutels. Ze hield stil voor de deur van Costa Villas en trok de bos aan de kleurige sleutelhanger uit haar tas. Ze keek op en fronste. De lampen waren aan. Ze probeerde de deur en constateerde verbaasd dat die gewoon open was. Toen pas zag ze de donkergrijze Audi die langs de stoeprand stond geparkeerd.

Jeroen zat niet achter zijn computer, maar kwam tevoorschijn uit het kleine keukentje toen ze binnenkwam. Hij had een kop koffie in zijn hand. 'Goedemorgen.'

'Hai.' Ze nam hem onopvallend op. Hij zag er niet uit alsof hij veel had geslapen. 'Hoe gaat het?'

'Ja...' Hij ging achter zijn computer zitten. 'Met jou?'

'Gaat wel. Hoe is het met Inge?'

'Ze mag vandaag naar huis. Mijn vader kan haar rond de middag ophalen uit het ziekenhuis. Ze heeft nog veel pijn, maar ze krijgt pijnstillers.'

Anne legde het zakje met haar croissant op haar bureau en ging zitten. Nadenkend nam ze een slok koffie. 'Ben je bij haar geweest?'

Hij knikte. 'Gisteravond. Maar ze was erg moe en viel bijna meteen in slaap.'

'Was ze bang?'

Hij staarde even voor zich uit. 'Ik denk het wel, maar het is moeilijk om Inge te peilen. Mijn vader probeerde voortdurend met haar te praten, maar eigenlijk kun je alleen met haar communiceren als ze rustig is. En dat is ze niet. Ik denk dat het nog te vroeg is.'

'Hopelijk kan ze een beetje informatie over de daders geven.' Ze realiseerde zich nu pas dat ze de hele tijd in meervoud dacht. Het was bijna niet mogelijk dat één persoon dit op z'n geweten had. Inge was niet groot, maar het zou desalniettemin een hele klus zijn om haar in je eentje het huis in te dragen. En dan ook nog zo snel dat niemand het zag.

'Ja.' Jeroen wreef over zijn korte, donkerblonde haar. 'Dat hoop ik ook. Maar ik heb er een hard hoofd in.'

Anne gaf geen antwoord. Ze monsterde haar baas. Hij was bezorgd om zijn zusje, dat was duidelijk, maar er was ook nog iets anders. Er lag een harde trek rond zijn mond, een soort verbetenheid die ze niet eerder bij hem had gezien.

'Heb je nog iets van de politie gehoord?' vroeg ze.

Jeroen schudde zijn hoofd. 'Dat ze nog steeds met het onderzoek bezig zijn, verder niks.'

'Volgens mij doen ze niks', zei Anne. Ze hield Jeroens reactie scherp in de gaten toen ze dat zei. Hij gaf geen krimp, haalde slechts heel licht zijn schouders op.

'De politie hier staat niet bekend om z'n grondigheid.'

'Maar ze kunnen dit toch niet zomaar voorbij laten gaan? Er moet een reden zijn dat iemand dit heeft gedaan.'

Jeroen nam een slok koffie en keek haar aan. 'Dat is niet hun probleem, denk ik. Het delict dat ze onderzoeken is mishandeling en ontvoering en ik vrees inderdaad dat dat in dit geval niet al te hoog op hun prioriteitenlijstje staat.'

'Maar wat ga jij dan doen?' vroeg Anne. 'Dit kun je toch niet zomaar voorbij laten gaan?'

Ze zag de verandering in zijn blik voor hij die afwendde. Er kwamen woorden in haar op waarmee ze die probeerde te duiden. Was het schrik? Hij keek in elk geval afwerend.

'Ik weet het niet', zei Jeroen. Hij staarde voor zich uit, alsof hij zichzelf dezelfde vraag stelde. Uiteindelijk schudde hij zijn hoofd. 'Ik weet het echt niet.' Dat laatste leek meer aan zichzelf dan aan Anne gericht.

Ze wilde iets zeggen, maar had het gevoel dat ze dat beter niet kon doen. Ze draaide haar beker rond en wachtte tot Jeroen hun gesprek zou oppikken. Hij leek dat niet van plan. Hij klikte met zijn muis om zijn computer uit de slaapstand te halen en even later was hij verdiept in iets op zijn scherm.

Ze startte haar eigen computer op. Het mailprogramma haalde nieuwe e-mails binnen, die ze vluchtig bekeek. Er was er eentje bij van Marloes, die de vluchtgegevens doorgaf. Nog drie dagen, dan zouden haar vriendinnen er zijn. Ze verlangde ernaar hen om zich heen te hebben, om samen lol te maken. Haar zinnen verzetten, dat was wat ze nu wilde. Gisteravond had Daniel een geweldige poging gedaan haar af te leiden met zijn kookkunsten en goede wijn, maar toch waren haar gedachten elke keer weer beland bij wat er was gebeurd. Gelukkig had hij begrijpend gereageerd toen ze een paar keer was opgeschrokken en geen idee had wat hij de minuten daarvoor had gezegd. Hij was extra lief voor haar geweest en had zelfs warme melk gemaakt voor ze gingen slapen. Dat ze daar niet van hield had ze maar niet gezegd, ze had de beker in de badkamer leeggegooid toen Daniel allang sliep. Ze wilde hem niet teleurstellen, hij deed zo duidelijk zijn best. Die lieve kant, het zorgzame, dat had ze niet achter hem gezocht toen ze hem leerde kennen. Op het eerste gezicht was hij stoer, misschien zelfs een beetje macho. Dat had haar aangetrokken. Pas later had ze hem beter leren kennen, ook zijn zachte kant. Ze hield van beide kanten, van het totaal. De stoere Daniel, de macho die haar graag verwende met dure spullen en die overduidelijk trots was als hij met haar kon pronken. Het hoorde bij hem, zoals bij zoveel Spaanse mannen. En Anne was net zo goed trots op hem. Maar zonder zijn andere, lieve kant zou het een eendimensionaal plaatje worden. Een macho die haar behing met dure spullen en meenam naar prijzige restaurants omdat hij toevallig een goede baan had en het kon betalen, maar die niks om haar emoties gaf, daar moest ze niet aan denken. Ze wist dat Daniel niet alleen een goede baan had, maar dat hij naast het huis ook een flinke som van zijn ouders had geërfd. Om geld hoefde hij zich geen seconde druk te maken. Maar, zo had hij haar al op een van hun eerste dates verteld, geld was niks waard als je het niet kon delen. Het kreeg pas waarde als je er samen van kon genieten, als je er iemand blij mee kon maken. En daarom mocht ze zich van hem nooit bezwaard voelen als hij de restaurant rekening betaalde of haar een cadeau gaf. Hij deed het in feite voor zichzelf, omdat hij het fijn vond. Anne had gelachen om die redenering en had beloofd zich niet opgelaten te voelen. Dat ging haar aardig goed af.

Ze kon zich niet voorstellen hoe het was als je je nooit zorgen om geld hoefde te maken. Als je geen last had van iets als huur of een hypotheek en je nooit rood stond. Zelf kon ze rondkomen van haar salaris, maar echt veel bleef er niet over. Nu was ze nooit een goede spaarder geweest. Ze nam zich altijd voor om een reserve op te bouwen, maar elke keer was er weer een reden waarom dat niet lukte. Een paar nieuwe schoenen, bijvoorbeeld. Ze wist dat het onverstandig was, maar feitelijk interesseerde sparen haar gewoon niet genoeg om er moeite voor te doen. Maar zomaar twee- of driehonderd euro in een restaurant neerleggen of zonder blikken of blozen een cadeau van zo'n bedrag kopen, dat kon ze niet ongestraft doen. Daniel wel. Ze vroeg zich af of dat ook het geval zou zijn geweest als zijn ouders niet waren overleden. Misschien wel, al had hij zijn bedrijf opgebouwd met geld uit de erfenis. Maar inmiddels draaide het volledig zelfstandig en op volle toeren. Anne durfde niet toe te geven dat ze eigenlijk nog steeds niet precies wist wat hij deed. Hij bedacht computersystemen en IT-oplossingen voor bedrijven, die hem daar veel geld voor betaalden. Tot zover begreep ze het, maar inhoudelijk was het vooral abracadabra. Hij vertelde weleens over een ingewikkeld netwerk dat hij had ontwikkeld of over nieuwe servers die hij had gekocht. Ze wist nauwelijks wat die dingen deden. Het was iets waar veel technologie en berekeningen bij kwamen kijken en van beide had ze geen kaas gegeten. Wiskunde was altijd haar zwakste vak geweest.

Ze staarde naar Jeroen. Tussen hem en Daniel voelde ze altijd een bepaalde spanning. Niet dat ze elkaar vaak zagen, maar de paar keer dat Daniel haar was komen ophalen, had ze gemerkt dat Jeroen star reageerde. Misschien was er sprake van een soort mannelijke concurrentiestrijd: wie het meeste geld en de mooiste auto had. Daniel leek niet echt aan die strijd mee te doen, maar hij lag dan ook straatlengtes voor. Ze dacht aan Jeroen. Was geld zijn drijfveer?

De mogelijkheid dat hij veel risico's nam om er meer van te verdienen, kwam in haar op. Laatst had ze in een cafétje hartelijk gelachen om een oude man, die stellig had beweerd dat alle makelaars boeven waren. Alcohol-wijsheid, maar toch dwaalde die opmerking door haar hoofd. Was er laatst niet een akkefietje geweest? Een koper had boos opgebeld en was later ook langsgekomen, net toen Anne op het punt stond de deur uit te gaan. Ze had er niet veel aandacht aan besteed. Ze wist alleen dat de man vond dat Costa Villas moest opdraaien voor een dure reparatie aan het zwembad van de villa die hij nog geen halfjaar daarvoor na bemiddeling van Jeroen had gekocht. Anne wist niet beter dan dat Jeroen het met de man had afgehandeld. De meeste klanten waren naar haar weten tevreden, maar natuurlijk zat er altijd wel een boze koper tussen. En uiteraard kreeg dan de makelaar de schuld. Ze had laatst zelfs iets in de krant gelezen dat haar haar wenkbrauwen had doen fronsen. Het was een insinuerend nieuwsbericht geweest met als strekking dat makelaars zich waagden aan praktijken die niet door de beugel kunnen. Onbevestigde bronnen beweerden dat sommige makelaars bemiddelden in huizen die ver boven de marktwaarde in de verkoop werden gezet en die verkocht werden aan buitenlandse kopers die blind voeren op de aankoopmakelaar die ze in de arm hadden genomen. Onderling gooiden de verkopende makelaar en de aankoopbemiddelaar het op een akkoordje waarbij ze de winst deelden. Tegen de tijd dat de koper erachter kwam dat hij veel te veel had betaald voor wat op het eerste gezicht een prachtige villa leek, maar wat bij nader inzien ronduit een bouwval was, wasten beide makelaars hun handen in onschuld.

Maar Anne had er in de praktijk nog nooit iets over gehoord. Dat sterkte haar in haar idee dat het hele artikel uit de lucht was gegrepen. Aan de andere kant, dit waren natuurlijk geen dingen waar makelaars mee te koop liepen.

Peinzend staarde ze naar de auto voor de deur. Zou het mogelijk zijn? Ze dacht weer aan de gebeurtenissen van een maand of drie geleden. Een reparatie aan het zwembad. Dat was inderdaad een prijzige aangelegenheid. Als bij de verkoop bekend was dat een dergelijke reparatie nodig zou zijn, zou dat de prijs van het huis kunnen drukken. Maar tegen de tijd dat het defect aan het licht kwam, was de deal allang geseald en had de makelaar z'n handen eraf getrokken.

Ze tikte nadenkend met haar pen tegen haar lippen en liet de mogelijkheid door haar hoofd gaan. Maar wat had dit met Inge te maken? Was de boze klant over de schreef gegaan, uit rancune naar Jeroen toe? Zou de man – een gepensioneerde geschiedenisleraar – ertoe in staat zijn een gehandicapte vrouw dit aan te doen? Dat was moeilijk te geloven. Maar het was natuurlijk mogelijk dat hij niet het enige slachtoffer was van oplichtingspraktijken, en dat de andere slachtoffers minder vredelievend waren. Had Jeroen de verkeerde mensen boos gemaakt?

Haar gedachten werden onderbroken doordat de deur openging. Ze keek op. Henk stapte het kantoor binnen. Hij had dezelfde kleren aan als gisteren en zijn witte haar stond alle kanten op. Hij was duidelijk niet naar huis geweest.

Anne sprong op. 'Hoe gaat het met Inge?'

'Het gaat', zei hij vermoeid. 'Het komt wel weer goed met haar. Ze is enorm geschrokken.'

'Ja, dat kan ik me voorstellen.' Anne wilde nog iets zeggen, maar ze aarzelde. Henk wendde zijn blik af en keek naar Jeroen. Die trok vragend zijn wenkbrauwen op. Henk schudde kort zijn hoofd. 'Niks', zei hij. Anne nam aan dat ze het over het politieonderzoek hadden.

Henk keek haar even aan toen ze dat vroeg en knikte toen. 'Ja. Inderdaad. Ze hebben nog niks.' Hij wreef over zijn voorhoofd. 'Ze willen met Inge praten, maar daar heb ik een stokje voor gestoken. Ik heb het geprobeerd, maar ze laat niks los. Laat staan dat zo'n agent iets uit haar kan krijgen.'

Anne schudde haar hoofd en ging weer achter haar bureau zitten. Ze keek met een half oog naar Henk en Jeroen.

'Koffie?' vroeg ze, terwijl ze meteen opstond.

Jeroen mompelde iets en schudde zijn hoofd. Henk knikte dankbaar. 'Lekker.'

Anne verdween in het keukentje en rommelde aan het koffieapparaat, maar keek intussen over haar schouder. Vanaf hier kon ze op Jeroens scherm kijken en bovendien een blik werpen op de papieren op zijn bureau. Ze probeerde uit te vinden wat hij aan het doen was, en hoe Henk daarop reageerde. Anne trok haar hoofd terug en drukte op de knop van het koffieapparaat, dat sputterend haar beker vulde. Daarna vulde ze een tweede beker voor Henk. Terwijl ze de koffie voor hem neerzette, probeerde ze onopvallend naar het stapeltje papieren in zijn hand te kijken. Net op dat moment legde hij het weg.

Zowel Henk als Jeroen negeerde haar, dus liep ze terug naar haar eigen plek. Hier kwam ze geen steek verder mee. Misschien moest ze eens wat beter op kantoor rondkijken als Jeroen er niet was. Wellicht vond ze iets, een aanwijzing dat hij met zaken bezig was waarmee hij mensen boos had gemaakt. De vraag wat ze ging doen als ze iets vond, drukte ze resoluut weg. Dat was van later zorg.

4

Anne keek ongeduldig van haar balkon naar beneden. Ze stond hier al een kwartier. Het was een halfuur rijden vanaf Girona, ze hadden er al kunnen zijn. De hele dag liep ze al rond met een opgetogen gevoel. Ze had haar vriendinnen echt gemist. Bovendien had ze behoefte aan wat afleiding. Het was nu vijf dagen geleden dat ze Inge in de badkamer had gevonden en in haar gedachten leek geen ruimte meer te zijn voor iets anders. Haar brein bleef maar overuren maken. Ze lag urenlang wakker, piekerend. Ze had lange dagen gemaakt en het hele weekend doorgewerkt. Normaal deed ze op zaterdag veel intakes, maar had ze de zondag vrij. Afgelopen zondag was ze gewoon naar kantoor gegaan. Ze wilde er bovenop zitten, uitzoeken wat er aan de hand was. De zondagse markt in Palafrugell was erbij ingeschoten en van Daniels uitgebreide maaltijd was ook niet veel terechtgekomen, omdat Anne te moe was om een hap door haar keel te krijgen. Gelukkig had ze de nacht erop wel redelijk geslapen, maar afgelopen nacht was het weer drama geweest. Op kantoor kon ze zich niet concentreren en dat had ertoe geleid dat ze vergeten was twee reserveringsaanvragen op tijd te beantwoorden. Ze had zichzelf gedwongen beter op te letten, maar dat was niet makkelijk. Gisteren had ze gewacht op het moment dat Jeroen eindelijk zijn computer uitzette en naar huis ging. Daarna had ze laatjes opengetrokken, door stapels papieren geploegd en mappen doorgespit, maar zonder resultaat. Het enige was een dunne dossiermap met wat handgeschreven aantekeningen, die ze onder een hele stapel uitgeprinte beschrijvingen van te koop staande huizen had gevonden. Ze wist niet wat de aantekeningen te betekenen hadden, maar zo te zien ging het niet allemaal over huizen. Omdat ze niet het risico wilde lopen dat Jeroen haar met de map zou zien, had ze er op kantoor niet te veel tijd aan besteed. Met haar telefoon had ze foto's van de inhoud gemaakt, waar ze later nog eens goed naar wilde kijken. Morgen misschien. Ze had een dag vrij genomen om leuke dingen met haar vriendinnen te ondernemen, maar ze wist nu al dat de gebeurtenissen rondom Costa Villas haar toch niet zouden loslaten. Ze nam zich voor ernaar te kijken, maar ook te proberen haar zinnen wat te verzetten nu Marloes en Suzan er waren. Ze kneep even haar ogen dicht. Dat zou nog niet zo makkelijk worden, er maalde voortdurend van alles door haar hoofd.

Van de politie hoefde ze niks te verwachten, dat was wel duidelijk. Zelf had ze niks meer gehoord en van Henk begreep ze dat het onderzoek weinig voorstelde. Nu Inge weer terug was in het tehuis en de rust was wedergekeerd, leek het dossier bij de politie al onder op de stapel te liggen. Anne had geprobeerd met Henk te praten over wie de daders zouden kunnen zijn, maar veel verder was ze niet gekomen. Waarschijnlijk wist hij net zoveel als zij. Hij was bovendien meer met het welzijn van zijn dochter bezig dan met de daders. Dat zou later ongetwijfeld nog komen, nu ging Inge voor alles. Ze begreep het wel, maar ze hoopte dat Henk haar verder kon helpen. Hij wist meer over Costa Villas dan zij en ook al was hij misschien niet precies op de hoogte van wat er speelde, hij kon meer informatie uit Jeroen krijgen.

Terwijl ze toekeek hoe de boulevard onder haar zich vulde met steeds meer strandgangers die het voor gezien hielden, dacht ze na over waarom ze dit wilde weten. Zou het niet zo veel makkelijker zijn om het te laten rusten? Het had niks met haar persoonlijk te maken en wat Jeroen met Costa Villas deed moest hij zelf weten. Ook als dat niet door de beugel kon. Het was immers zijn bedrijf.

Maar terwijl die gedachte door haar hoofd speelde, hoorde ze in gedachten de stem van haar vader. Hij was rechter geweest en zo correct dat Anne er, zeker als puber, ook weleens stapelgek van was geworden. Maar altijd had ze achteraf moeten toegeven dat hij gelijk had. Nu kon ze hem horen zeggen dat ze niet zomaar haar ogen kon sluiten, terwijl ze wist dat er iets niet klopte. Dat druiste in tegen alles wat haar vader haar had meegegeven. Ja, dit zou haar haar baan kunnen kosten. Maar liever geen baan dan werken voor iemand die de boel beduvelde. Ze rechtte ferm haar rug en greep de reling van het balkon stevig vast, alsof ze daarmee voor zichzelf haar besluit bekrachtigde.

Opnieuw liet ze haar blik door de straat gaan. Ongeduldig keek ze op haar horloge. Het was al meer dan drie kwartier geleden dat Marloes had ge-sms't dat ze wegreden bij het verhuurbedrijf.

Daniel kwam naar buiten met een schort om en een keukentang in zijn hand. Hij grijnsde toen hij haar zag. 'Je lijkt wel een kind op haar verjaardag.'

Anne beantwoordde zijn lach. 'Ik heb gewoon zin om mijn vriendinnen weer te zien. Het is zo lang geleden. En ik wil hen eindelijk aan jou voorstellen.'

De vorige keren dat haar vriendinnen er waren was Daniel jammer genoeg elke keer voor zijn werk weggeweest. Zo vaak hoefde hij niet weg, maar allebei de keren hadden haar vriendinnen hem niet getroffen, ook omdat ze toen maar een paar dagen waren gebleven. Anne verheugde zich er extra op om hun haar vriend te showen. Trots keek ze naar hem terwijl hij terugliep naar binnen. Het zou vast goed klikken tussen hem en de meiden. Daniel was gevat, net als Suzan. En hij durfde zijn gevoel te tonen, iets waar Marloes van hield. Ze draaide zich om en keek weer naar beneden. Het zou sowieso wel goedkomen. Daniel toonde vanavond zijn kookkunsten en daar kon niemand weerstand aan bieden. Hij was nu alleen nog maar bezig met wat tapas en het rook al heerlijk in huis.

'Daar zijn ze!' riep ze enthousiast toen langs de stoeprand een rode Seat Leon stopte. Snel schoot ze in haar slippers en ging op weg naar beneden. Tegen de tijd dat Anne het portaal beneden had bereikt, wilde Suzan net aanbellen. Anne trok de deur open en omhelsde haar vriendinnen.

'Wat fijn dat jullie er zijn', zei ze toen ze hen losliet. 'Ik heb jullie gemist.'

'En wij jou ook', antwoordde Marloes. Ze grijnsde. 'Sorry dat we zo laat zijn. Ik dacht dat ik nog wel wist hoe we moesten rijden, maar ik heb geloof ik een afslag of zestien over het hoofd gezien. En dat ondanks de TomTom. Hoewel, die haperde een beetje en ik ben nou eenmaal niet zo goed in kaartlezen.'

'Inderdaad', bromde Suzan goedmoedig. 'Het zou al helpen als je hem goed om zou houden.'

'Kom snel binnen', riep Anne uitnodigend. 'De koffers kunnen in de auto blijven. Die brengen we straks wel naar jullie appartement. We gaan eerst lekker borrelen. Daniel heeft tapas gemaakt.'

'Lekker', zei Marloes. 'We hebben ook wel een wijntje verdiend, lijkt mij zo.'

Anne ging haar vriendinnen voor naar boven. Even later stonden ze in de hal van het appartement. Daniel kwam de keuken uit, met zijn schort nog om.

'Hallo, leuk jullie te ontmoeten', zei hij in het Engels. Anne had hem verteld dat haar vriendinnen geen Spaans spraken. Anders dan bij veel andere Spanjaarden het geval was, sprak Daniel bijna vloeiend Engels. Hij schudde hun de hand en stelde zich voor. Anne keek naar de gezichten van haar vriendinnen. Ze mochten Daniel gelijk, dat wist ze zeker. Trots lachte ze naar haar vriend, die zich verontschuldigde omdat hij het druk had in de keuken.

'Kom, we gaan op het balkon zitten. Ik heb een Spaanse rosé koud gelegd.'

Even later zaten ze met z'n drieën buiten, met elk een glas wijn in hun hand. Anne hief het hare. 'Op een mooie vakantie voor jullie', zei ze. Ze klonk met haar glas tegen dat van haar vriendinnen, nam een slok en leunde achterover. Voor het eerst sinds dagen leken haar zorgen even naar de achtergrond te verdwijnen. Ze lachte ontspannen om iets wat Suzan zei en genoot van het relaxte gevoel dat eindelijk de overhand begon te nemen.

'Het is nog steeds hartstikke lekker warm', zei Marloes, terwijl ze genietend haar hoofd naar de laagstaande zon draaide.

Anne lachte, bijna trots op het land waar ze woonde. 'Welkom in Spanje.'

'Niet te geloven: aan het begin van de middag stapten we in een zeer druilerig Rotterdam op het vliegtuig en nu zitten we hier in hartje zomer.'

'Kom hier ook wonen', grijnsde Anne.

'Gert-Jan ziet me aankomen', bromde Marloes.

'Houdt hij niet van Spanje?'

'Jawel, maar hij lijkt zo'n beetje getrouwd met zijn werk en ik geloof niet dat hij in Spanje net zo'n baan kan krijgen.'

Anne nam een slok wijn. 'Vindt hij het niet erg dat je twaalf dagen weg bent?'

'Nee.' Marloes schudde haar hoofd. 'Hij merkt het nauwelijks, want hij moet eerst drie dagen overwerken en dan een week naar het buitenland voor z'n werk. Wat dat betreft is dit reisje perfect gepland.'

'Neemt hij ook dertig kilo bagage mee voor één week?' informeerde Suzan met een grijns.

Marloes grinnikte. 'Dat hoop ik niet. Over drie maanden gaan we samen naar Amerika en ik heb het plan om de helft van zijn koffer voor mezelf te gebruiken. Ik reis nou eenmaal met veel bagage.' Ze haalde haar schouders op. 'Zo vaak kan ik mijn zomerkleren niet gebruiken, daarom heb ik zo'n beetje alles meegenomen.'

'We hadden beter een zeecontainer kunnen huren', lachte Suzan.

'Ja, maar ik kan er niks aan doen', pareerde Marloes monter. 'Jij met je maat vierendertig hebt nou eenmaal minder stof nodig voor één jurk. Daarom is mijn bagage zwaarder.'

Anne schoot in de lach. Marloes streed al jaren met weinig resultaat, en weinig echte inspanning, tegen de overtollige kilo's. Anne begreep niet waarom. Haar vriendin was misschien aan de stevige kant, maar dat paste bij haar. Net zoals de wespentaille van Suzan bij haar paste. Ze keek naar Suzans benen die mooi uitkwamen in het korte spijkerbroekje dat ze droeg. Haar gekleurde huid glansde. Die huid was het resultaat van Suzans wortels die zo'n beetje over de hele wereld leken te liggen. Antilliaans, Surinaams, Indisch – ze had bloed uit alle windstreken.

Toch was ze een stuk minder vrouwelijk dan ze leek, en dat was eigenlijk het leukste aan haar. Ze werkte in de IT, had een grote voorliefde voor kickboksen en dronk het liefst bier uit een flesje. En ze kon schuine moppen tappen tot je onder de tafel lag van het lachen. Heel anders dan Marloes, die een keurige juriste was. Vol humor, maar niet zo schuin als Suzan. Met z'n tweeën zouden ze de perfecte afleiding vormen van al het gezeur op haar werk. Anne grinnikte in zichzelf. Het zou weer een geweldige week worden.

5

Anne trok een zomerjurkje over haar hoofd en bekeek het resultaat in de spiegel.

'Staat je goed', was het commentaar van Marloes, die op haar bed zat. Ze had een potje nagellak gepakt uit Annes badkamer en lakte haar teennagels knalroze. Naast haar zat Suzan, gekleed in een kort rokje en een felgekleurde tanktop. Anne keek op de klok.

'Ik mag wel opschieten.' Het was bijna elf uur, nog een halfuur voor Daniel hen kwam halen. Hoewel het laat was, stond de avond eigenlijk pas op het punt van beginnen.

'Hoe komt hij eigenlijk aan die kaarten?' vroeg Suzan.

'Via zijn werk. Hij heeft het hele netwerk van die club aangelegd en zijn bedrijf beheert het.' Anne kon niet verhullen dat ze het met enige trots zei. Club 24 was een begrip in de wijde omgeving en deze megadiscotheek betekende niet alleen een grote, maar ook een belangrijke klant voor Daniels bedrijf. Het gaf hem aanzien, had hij uitgelegd, en zijn werk voor de discotheek had hem een leuk aantal andere klanten opgeleverd. Nog los van het voordeeltje dat hij vip-kaarten had kunnen regelen voor haar en haar vriendinnen. Niet alleen hoefden ze geen entree te betalen, ook alle drankjes zaten erbij in.

Ze liep naar de badkamer en grijnsde naar zichzelf in de spiegel. Het was eigenlijk veel te lang geleden dat ze echt was gaan stappen. Maar vanavond zou ze de schade inhalen. Ze leunde een beetje voorover en begon met haar make-up. Hoewel ze de laatste tijd niet zo goed had geslapen en het al laat was, was ze niet moe. Ze had een heerlijke dag met haar vriendinnen doorgebracht. Vanochtend hadden ze wat rondgelopen in Platja d'Aro, waar niet zo veel te beleven was geweest. Daarna waren ze uitgebreid gaan lunchen bij Casa om vervolgens 's middags op het strand te relaxen. Ze merkte dat het haar goed had gedaan. Ze had zich wel een beetje zorgen gemaakt om haar werk. Het was zaterdag en er kwamen vier nieuwe gasten aan, maar gelukkig had Jeroen die voor zijn rekening genomen.

Ze keurde haar make-up in de spiegel en draaide tevreden de mascararoller dicht. Daarna liep ze terug naar de slaapkamer en zocht in haar kast naar de juiste schoenen bij haar jurkje. Marloes en Suzan namen intussen de kleding in een Spaans modetijdschrift door. Even werd Anne teruggeworpen naar jaren geleden, toen ze bijna wekelijks met z'n drieen gingen stappen. Die fase was voorbij, maar des te meer genoot ze er nu van.

Ze diepte de schoenen op en keek naar de hoge hakken. Daar zou ze ongetwijfeld spijt van krijgen, maar ze liet haar voeten erin glijden en maakte de gespen vast, net toen ze de voordeur open en dicht hoorde gaan. Ze voelde een kriebel in haar maag en begon automatisch te glimlachen.

'Dag schat', begroette ze Daniel, toen hij zijn hoofd om de hoek van de slaapkamerdeur stak. Hij kwam binnen en gaf haar een kus. Daarna zei hij Marloes en Suzan gedag. 'Zijn jullie klaar om te gaan?'

'Waar is die discotheek eigenlijk?' vroeg Marloes toen Daniel optrok.

'Een stuk het binnenland in', antwoordde hij. 'Het is ongeveer drie kwartier rijden, maar dan heb je ook wat.'

Anne leunde achterover en keek naar buiten. Al snel verlieten ze de verlichte straten van het dorp en kwamen ze uit op een provinciale weg. Daniel gaf flink gas, maar je hoorde de motor bijna niet. Anne voelde haar oogleden zwaar worden. Waar ze eerder nog barstte van de energie, voelde ze zich nu moe. Misschien was ze toch niet meer zo gemaakt voor dit soort nachtelijke stapavonturen, bedacht ze met een lome grijns, net voor ze in slaap sukkelde.

Ze werd wakker van een por in haar zij. 'Hé ouwe, wakker worden', riep Suzan. 'We zijn er.'

Anne knipperde een paar keer met haar ogen en maakte het portier open. Ze stapte uit en zag een enorme rij voor de deur staan. Ze kreunde licht. 'Nou, over een uur zijn we wel binnen.'

'Nee hoor, over een minuut', zei Daniel monter.

Anne keek toe hoe een man met een polo met daarop het logo van de club in Daniels auto stapte en deze wegreed. Er kwam een andere man aan, die hun gebaarde hem te volgen. Hij klikte een touw los, liet hen erlangs en sloot het weer achter hen. Marloes keek haar goedkeurend aan. 'We lijken wel beroemdheden.'

Ze kwamen binnen in een soort centrale ruimte. Anne telde zeker zeven of acht zalen die vanaf hier bereikbaar waren. De muziek bonkte en overal zag ze felle flitslampen en dansende mensen. Anne was hier eerder geweest, maar de hele discotheek was te groot om in één avond te zien. Er waren tientallen ruimtes, zowel overdekt als in de buitenlucht. Er was zelfs een zwembad, waar poolparty's werden gegeven.

Daniel wenkte hen mee naar een van de zalen. Toen ze onder een stenen boog door de ruimte binnenging, merkte Anne dat ze weer in de buitenlucht stond. Hoog boven haar glinsterde een heldere sterrenhemel. Een licht briesje verdreef de warmte. Ze stond op een soort verhoging en keek uit over een zee van dansende mensen. Aan de andere kant werd de ruimte begrensd door een soort rotswand, maar dat was zeker honderd meter verderop. in het midden was een grote bar. Op meerdere plekken waren podia waar vrouwen in strakke pakjes dansten alsof hun leven ervan afhing. Ze waren professionele danseressen, in dienst van de discotheek. Er waren lagere podia waar allerlei mensen op dansten, maar dat zag er een stuk minder spectaculair uit. Helemaal achteraan, op weer een ander podium, stond een dj achter een immense draaitafel. Af en toe riep hij iets door de microfoon, wat een vloedgolf aan geluid teweegbracht bij de feestgangers.

'Kom!' Anne trok aan Suzans arm. Ze wenkte Marloes. 'We gaan dansen!'

Dat hoefde ze geen tweede keer te zeggen. Haar vriendinnen volgden haar. Ze keek om of ze Daniel zag, maar hij was verdwenen. Ineens dook hij voor haar op en duwde een groot glas met een kleurrijk drankje in haar handen. 'Cocktail!' riep hij in haar oor. Daarna overhandigde hij haar een stapel muntjes en wees in de richting van de bar. Ze knikte dankbaar en zag hoe hij Marloes en Suzan van eenzelfde soort drankje en een voorraad muntjes voorzag. Daarna verdween hij in de massa. Anne nam een slok. Het spul was mierzoet, precies wat ze lekker vond. Ze stak haar glas op naar haar vriendinnen en mimede een toost. Daarna nam ze nog een paar slokken, zodat de drank niet over de rand gutste en liet zich meevoeren op de beat van de muziek. Als vanzelf begonnen haar heupen te bewegen, haar voeten deden mee. Wat was dansen toch heerlijk. Ze voelde de vermoeidheid van zich af glijden, haar werk leek ineens heel ver weg. Het enige wat telde was de muziek.

Na een tijdje voelde ze hoe haar voeten begonnen te protesteren. Ze wist niet hoelang ze aan het dansen was geweest, maar haar glas was leeg en de knellende bandjes van haar sandaaltjes met hoge hakken zorgden voor een branderig gevoel. Het liefst wilde ze even uitrusten en dan straks weer verder. Ze keek om zich heen, maar Marloes en Suzan waren in de dansende menigte verdwenen. Daniel was ook nergens te bekennen. Misschien moest ze hen straks maar bellen om te vragen waar ze waren, voor zover je dat kon aangeven in zo'n grote, dansende massa. Anne baande zich een weg naar de bar, waar een verhoging was met barkrukken. Ze spotte een vrije stoel en klom erop. Opgelucht haalde ze adem. Dat was beter, het brandende gevoel in haar voeten nam meteen af. Er verscheen een barman die in rap Spaans een vraag stelde. Er lag een kaart op de bar en ze wees naar een cocktail die er wel goed uitzag. Geen idee wat erin zat, maar het zou vast lekker zijn. De vorige was heerlijk geweest. Ze voelde de alcohol, het maakte haar lekker los. En een beetje licht in haar hoofd, maar dat was niet eens echt onprettig.

Ze knikte dankbaar toen de barman haar drankje neerzette en legde wat muntjes neer. Hij pakte er een paar weg en draaide zich weer om. Anne keek uit over de dansende mensen. Het was een spectaculair gezicht: al die mensen en dan de dj die als een soort heilige op een verhoging en in het felle licht stond. Dichter bij haar, rond de bar, stonden groepjes mensen bij elkaar. Sommige deden een poging een gesprek te voeren, maar de harde muziek belette dat.

Ze vroeg zich af waar Daniel was. Ze had zich erop verheugd met hem te dansen, maar nu was hij nergens te bekennen. Hij had gezegd dat hij vanavond een paar mensen moest spreken, maar dat hij niet de hele tijd met zijn werk bezig zou zijn. Ze glimlachte bij zichzelf. Dat zei niet zo veel, als Daniel zich eenmaal op zijn werk had gestort, vergat hij de tijd. Ze vond het niet zo erg. Zijn gedrevenheid was juist een van de eigenschappen die ze leuk aan hem vond.

Plotseling zag ze hem aan de rand van de menigte, een meter of tien bij haar vandaan. Hij stond te praten met een man. Anne kende hem niet, waarschijnlijk was hij Daniels opdrachtgever bij Club 24. Ze keek naar haar vriend. Hij leek een beetje gespannen te zijn, niet de relaxte Daniel die ze kende. Ze wilde naar hem toe gaan, maar iets hield haar tegen. Misschien was er een werkprobleem en was hij gewoon bezig zaken te doen. Ze kon hem beter niet storen.

Het schermpje van haar telefoon lichtte fel op in het donker. Ze nam op. 'Hé, Suus.'

Haar vriendin klonk krakend en ver weg, de beat van de muziek maakte haar bijna onverstaanbaar. Maar toch begreep Anne dat Suzan al dansend ook Marloes was kwijtgeraakt. Die nu haar telefoon niet opnam.

'Ik zit aan de bar', zei Anne grinnikend. 'Met een cocktail. Die bar die het dichtst bij de ingang ligt. Kom hierheen, dan bestel ik er ook eentje voor jou.'

Nadat ze had beloofd Marloes te bellen, hing ze op. Ze keek op. Daniel was verdwenen, opgegaan in de menigte. Ze zou hem straks wel weer vinden, als hij klaar was met zijn werkaangelegenheden.

Ze pakte haar telefoon en belde Marloes. Na twee keer nam haar vriendin op, een beetje hijgend. 'Anne?'

'Ja, waar ben je?'

'Ik eh... Geen idee. Jij?'

'Aan de bar.' Anne lachte en probeerde uit te leggen welke bar ze bedoelde. Marloes leek volkomen gedesoriënteerd te zijn in de enorme discotheek. Uiteindelijk lukte het haar om haar vriendin duidelijk te maken waar ze zich bevond.

Het duurde nog even voor zowel Suzan als Marloes de juiste plek had gevonden. Anne bestelde cocktails voor haar vriendinnen en drukte hun die in de hand. Suzan bleef staan, bewegend op de maat van de muziek. Marloes nam plaats op de kruk naast haar en nam een slok van haar cocktail.

'Waar is Daniel?' vroeg ze.

Anne haalde haar schouders op. 'Ik zag hem daarstraks wel, in gesprek met zijn opdrachtgever hier.'

'Ken je die?'

'Nee, maar hij was duidelijk met een of andere zakelijke aangelegenheid bezig. Ik ken die blik van hem.'

'O.' Marloes nam nog een slok.

Anne monsterde haar. 'Wat is er?'

'Niks. Aardig van hem dat hij kaarten heeft geregeld.'

'Ja, het is te lang geleden dat ik een hele avond heb gedanst.' Anne nam nog een slok van haar cocktail en voelde de alcohol door haar lichaam gaan. Ze moest zo meteen maar weer gaan dansen, anders werd ze straks helemaal loom van de drank en dat zou zonde zijn van de mooie avond. Dansen tot de zon opkwam, dat was het enige wat ze wilde. Ze wenkte haar vriendinnen, pakte haar drankje en verliet de barkruk. Met z'n drieën mengden ze zich weer in de menigte. Opnieuw voerden de klanken van de muziek haar binnen mum van tijd mee.

6

Anne kreunde een beetje toen het geluid van haar wekker begon door te dringen. Haar hoofd leek vol watten te zitten en het duurde even voor ze wakker genoeg was om de wekker een tik te geven. Het ding wankelde en viel toen met een klap op de grond. Het geluid bleef.

Zuchtend kwam ze overeind en raapte de wekker op. Ze drukte de snoozeknop in. Meteen was het stil in de slaapkamer. Ze keek op de digitale klok. Iets na halfacht. Daniel lag nog te slapen. Ze keek jaloers naar zijn regelmatige ademhaling.

Zachtjes stapte ze uit bed en ging naar de badkamer. Ze was een beetje duizelig. Die tweede fles wijn hadden ze gisteren misschien niet moeten bestellen. Maar ja, het was zo gezellig met Marloes en Suzan en toen ze in het restaurant zaten, had de ochtend nog ver weg geleken. Maar nu, nauwelijks vijf uur nadat ze was gaan slapen, had ze het zwaar. Zeker omdat ze de nacht ervoor ook al flink hadden doorgehaald in de discotheek.

Toch glimlachte ze terwijl ze onder de douche stapte. Ze had een heerlijk weekend achter de rug. Na de avond in de discotheek waren ze rond de ochtend pas gaan slapen, om pas ver na de middag wakker te worden. Wat er van de dag over was, hadden ze doorgebracht met tapas en wijn en een uitgebreid diner bij een klein restaurantje waar ze de beste vis van het stadje hadden. Anne had haar vriendinnen verteld wat er op haar werk speelde. Het had haar goed gedaan om erover te praten met mensen die de betrokkenen niet kenden. De nuchtere kijk van Marloes en Suzan had haar geholpen alles wat meer in perspectief te zien. Misschien was het inderdaad niet meer dan een misselijke actie die verder geen gevolgen had, zoals Suzan had gesuggereerd. Misschien was de waarschuwing nu wel aangekomen bij Jeroen, had Marloes gezegd, en liet hij zijn praktijken – wat die ook mochten voorstellen – verder voor wat ze waren. Wellicht moest zij het ook maar loslaten, bedacht Anne. Haar vrije dagen hadden haar letterlijk afstand gegeven en dat had haar goed gedaan. Het laten rusten, dat zou waarschijnlijk het beste zijn.

Ze kleedde zich aan en pakte haar spullen. Vandaag kwamen er twee nieuwe gasten aan, allebei in het eerste deel van de middag. Als ze vanochtend flink doorwerkte en de lunchpauze liet schieten, kon ze na de aankomst van de gasten misschien weggaan. Marloes en Suzan hadden aangeboden vanavond te koken en zeker de kookkunsten van Marloes waren legendarisch. Ze verheugde zich er nu al op.

Jeroen was er nog niet, zag ze toen ze bij het kantoor aankwam. Ze installeerde zich, startte haar computer op en al snel was ze verdiept in een groot aantal nieuwe e-mails. Ze beantwoordde ze snel, bood haar excuses aan voor de late reactie en bevestigde de reserveringen. Tevreden stelde ze vast dat de aanbiedingsactie een groot succes was en dat ook via de diverse huizenportals de aanvragen binnenliepen. Sommige mensen boekten voor volgende week of de week erop, ze hadden duidelijk de lastminuteaanbiedingen afgewacht. Misschien moest ze nog meer huizen die voor de komende weken nog niet gereserveerd waren in de aanbieding doen. Ze maakte een korte aantekening op haar to do-lijst, ze moest het straks aan Jeroen voorleggen.

Net op dat moment kwam hij binnen. 'Goedemorgen.'

'Morgen.' Anne keek naar hem. Hij zag er uitgeslapen uit, anders dan de laatste keer dat ze hem had gezien. Zo te zien had het weekend hem goed gedaan. 'Hoe is het?'

Ze knikte. 'Prima, ik heb genoten van mijn weekend. Jij?'

'Ja, hoor.' Hij liep naar het keukentje en haalde koffie. 'Jij ook?'

'Ja, graag.' Ze realiseerde zich nu pas hoe weinig ze eigenlijk over Jeroen wist. Dat hij in een mooi huis net buiten het dorp woonde en dat hij single was, maar verder? Wat deed hij in het weekend? Wie waren zijn vrienden? Ze had eigenlijk geen idee. Elke maandagochtend voerden ze hetzelfde nikszeggende gesprek en dan gingen ze aan het werk. Net als nu. Jeroen startte zijn computer op en leek vergeten dat zij er ook was. Anne boog zich weer over haar werk. Ze kon niks vreemds aan Jeroens gedrag ontdekken. Haar vriendinnen hadden vast gelijk. Ze moest het echt loslaten. Ze klikte op het paarse pijltje in Outlook om weer een nieuwe mail te beantwoorden.

Pas een halfuur later werd de stilte verstoord door het snerpende geluid van een ringtone. Anne schrok op. Ze had zo geconcentreerd zitten werken dat ze alles om zich heen was vergeten. Snel pakte ze haar telefoon, maar het toontje was niet van haar toestel afkomstig.

Jeroen nam op in het Spaans. Hij had een lichte frons op zijn gezicht, alsof hij zich afvroeg wie hem zou kunnen bellen. 'O, hallo', zei hij, toen hij doorhad wie hij aan de lijn had.

Even luisterde hij geconcentreerd, toen kwam hij met een ruk overeind. Anne schrok van zijn stemgeluid toen hij vroeg: 'Wát zegt u?'

Ze bleef verstijfd zitten en keek naar hem. Jeroen was bleek geworden. Zijn vingers grepen zich vast aan de rand van zijn bureau. Langzaam liet hij zich weer op zijn stoel vallen. Hij friemelde aan de boord van zijn overhemd, alsof hij moeite had met ademhalen. Een paar keer zei hij kort 'ja' en 'oké', Anne werd er niet veel wijzer van. Nerveus sloeg ze hem gade.

Jeroen liet niet meer los dan wat korte woordjes en hing toen op. Hij wreef over zijn kin en bleef voor zich uit zitten staren. Anne durfde de stilte niet te doorbreken. Ze wachtte tot Jeroen dat zou doen en toen het niet gebeurde, kuchte ze even kort. Hij keek met een ruk op, alsof hij zich toen pas realiseerde dat zij er ook nog was.

'Wat is er?' vroeg Anne.

Hij keek haar aan. Ze probeerde zijn blik te peilen. Het was een mengeling van angst en ongeloof. Toen hij begon te praten, klonk zijn stem zacht, bijna fluisterend. 'Mijn vader is ontvoerd.'

Anne dacht eerst dat ze het niet goed had verstaan. 'Hoe bedoel je?'

'De politie belde net. De buren hebben gezien hoe hij door een groepje mannen uit zijn huis werd gehaald en in een auto werd gedwongen.' Hij schudde zijn hoofd. 'Dit kan gewoon niet.'

'Natuurlijk kan dit niet!' riep Anne. Ze voelde haar hart bonken. 'Wie zou Henk nou willen ontvoeren?'

Jeroen sprong overeind en greep zijn jasje van de stoel. 'Ik ga naar de politie.'

'Ik ga mee', zei Anne zonder nadenken. Ze pakte haar tas. Jeroen keek naar haar, leek even te aarzelen en knikte toen.

Het politiebureau was een paar minuten lopen en even later werden ze begroet door een gedrongen rechercheur in een iets te klein uniform. Zijn overhemd spande om zijn buik. Hij leek precies op een stripfiguur waarvan Anne niet op de naam kon komen. Toen hij begon te praten, klonk zijn stem echter kalm en krachtig. Anne had nu al meer vertrouwen in hem dan in de man die ze eerder had gesproken.

Hij nam hen mee naar een lange gang met links en rechts kantoren en vergaderkamers. Uitnodigend hield hij de deur van een van die kamers open. Het was er koel dankzij de airconditioning. Ze ging zitten en keek nerveus naar Jeroen, die hetzelfde deed. Ze was bang voor wat ze te horen zouden krijgen. Misschien was er inmiddels wel meer nieuws. De wildste gedachten gingen door haar hoofd. Straks werden er miljoenen aan losgeld geëist of zouden de ontvoerders per post een vinger opsturen. Ze werd misselijk bij het idee. Zou dat echt gebeuren bij ontvoeringen, of zag je dat alleen in films?

De rechercheur keerde terug met drie kopjes koffie, die hij op het formica tafelblad zette. Hij ging aan de andere kant van de tafel zitten en keek hen een voor een aan.

Jeroen schraapte zijn keel. Hij leek rustig, maar Anne zag dat zijn handen licht trilden toen hij zijn koffiebekertje oppakte. 'Wat is er gebeurd?'

'Uw vader is vanochtend rond acht uur door vier of vijf mannen met bivakmutsen uit huis gehaald en in een auto geduwd', begon de rechercheur zakelijk. 'De buurman hoorde geluiden en toen hij ging kijken, zag hij dat uw vader onder dwang werd meegenomen. Uw vader protesteerde, waarna hij iets voor zijn gezicht geduwd kreeg, zodat hij geen geluid meer kon maken. Volgens de buurman was het duidelijk dat hij niet in de auto wilde, maar hij werd er met geweld ingeduwd en daarna reed de auto met volle snelheid weg.'

'Heeft de buurman het kenteken niet doorgegeven?'

'Gedeeltelijk, hij heeft het niet helemaal goed kunnen zien. Met wat hij heeft gezien, hebben we nog geen bruikbare match. Het merk van de auto is Audi of BMW, dat kon hij ook niet goed zien. Een donkere kleur in elk geval, blauw of zwart.' De politieman zuchtte even. 'Het vermoeden is sowieso dat we ervan uit moeten gaan dat het kenteken of zelfs de hele auto gestolen is.'

Anne keek de man ademloos aan. Het leek wel een scene uit een foute film. Gestolen auto's? Mannen met bivakmutsen? Wat had dit allemaal met Henk te maken?

'U begrijpt waarschijnlijk wel dat alles wat u ons over uw vader kunt vertellen, van het allergrootste belang is. Hoe meer we weten, hoe eerder we in een bepaalde richting kunnen zoeken.' De politieman richtte zich vooral tegen Jeroen, omdat Anne had verteld dat ze geen familie was. Maar toch keek hij ook haar aan toen hij benadrukte: 'Natuurlijk zijn onze rechercheurs bezig met een onderzoek, maar we weten nog niet in welke hoek we moeten zoeken. Daarom willen we alles weten. Het kleinste detail kan de oplossing van de puzzel zijn.'

Jeroen ging verzitten. 'Welke puzzel? Mijn vader is een welgestelde man, iedereen weet dat hij veel geld heeft verdiend met Costa Villas. Als je alleen al naar zijn huis kijkt, weet je dat hij het niet krap heeft. Is het niet gewoon mogelijk dat losgeld het motief is?'

De blik van de rechercheur vernauwde zich even. 'We sluiten op dit moment niks uit, maar de ervaring leert dat wanneer criminelen op geld uit zijn, ze voor de makkelijke weg zullen kiezen. En dat is geen ontvoering, maar een gewapende overval.'

'Mijn vader heeft nooit veel contant geld in huis.'

'Er zijn genoeg zaken bekend waarbij de overvallers met hun slachtoffers meerdere pinautomaten afgaan. De buit kan zo oplopen tot tienduizenden euro's, en vaak nemen ze daarna de auto van het slachtoffer ook nog mee. Als ze klaar zijn, zetten ze het slachtoffer uit de auto ergens in een bos, vaak midden in de nacht. Tegen de tijd dat hij of zij de bewoonde wereld heeft bereikt, zijn de daders de grens met Frankrijk al over en heeft de auto een ander kenteken. Geredeneerd vanuit de criminelen heb je op deze manier weinig risico en veel resultaat. Natuurlijk jaagt de politie op hen, maar tussen ons gezegd en gezwegen: dit soort georganiseerde criminaliteit is voor ons ongelooflijk lastig. Het percentage dat gepakt wordt is erg klein. Als je even vanuit de criminelen blijft redeneren, brengt een ontvoering een onnodige hoeveelheid werk met zich mee. Ten eerste moet je een plek hebben waar je iemand kunt vasthouden, ten tweede moet je proberen afspraken te maken met de mensen van wie je iets wilt.' Hij pauzeerde even en nam een slok koffie. 'Over het algemeen kun je stellen dat ontvoeringen alleen plaatsvinden voor een enorme hoeveelheid geld. Als ik een schatting moet doen, zou ik zeggen voor niet minder dan een miljoen euro. Of het motief moet iets anders zijn dan geld.'

Jeroen verschoof op zijn stoel. 'Hoe bedoelt u?'

'Informatie', antwoordde de rechercheur. 'In het criminele circuit vinden veel ontvoeringen plaats om informatie uit een persoon of diens omgeving te krijgen. Dit kan indirect ook met geld te maken hebben. Als iemand ergens een grote som heeft verstopt, kan een ontvoering een manier zijn om hem te dwingen de plaats van dat geld prijs te geven. Maar dit is een stuk zeldzamer dan de overvallen waar ik het net over had. Dan heb je wel te maken met professionele misdadigers, om het zo uit te drukken.' Hij klopte op het stapeltje papier dat voor hem op tafel lag. 'We hebben informatie over uw vader ingewonnen, maar daarmee komen we nog niet echt verder. Hij is zeker vermogend, maar niet van dien aard dat hij het uitgelezen slachtoffer van een ontvoering is.' Hij keek even op. 'De ontvoerders hebben geen contact met u opgenomen, toch?'

Jeroen schudde zijn hoofd. 'Nee, absoluut niet.'

'Had u het idee dat uw vader zich de laatste tijd bedreigd voelde?'

Opnieuw hoofdschudden. 'Nee, volgens mij niet. Het leek juist erg goed met hem te gaan. Hij had na de dood van mijn moeder zijn leven weer opgepakt en leek er weer meer en meer van te gaan genieten. Als hij zich bedreigd had gevoeld, had ik dat zeker gemerkt.'

Anne had al die tijd haar mond gehouden, maar nu deed ze hem toch open. Jeroen leek voorbij te gaan aan iets wat je toch als een aardige bedreiging kon opvatten. 'En wat er vorige week is gebeurd dan?'

De agent gaf opnieuw een klopje op zijn papieren. 'Ah, u bedoelt de mishandeling? Ja, daar kijken we natuurlijk ook naar. Maar...' Hij keek nadenkend.

'Wat?' vroeg Jeroen. Anne voelde aan alles dat hij gespannen was.

De agent slaakte een zucht. 'De mishandeling van uw zus is natuurlijk verschrikkelijk, maar het lijkt van een iets ander niveau dan waar we nu mee te maken hebben. Niveau van criminaliteit', voegde hij er snel aan toe toen hij zag dat Jeroen iets wilde zeggen. 'Wat uw zus is overkomen is een groot drama en het is absoluut duidelijk dat de dader hiermee een signaal wil afgeven, maar het is niet hetzelfde als ontvoering onder dreiging van een vuurwapen. Om het kort door de bocht te zeggen: dit zijn duidelijk grotere jongens.'

'Van dezelfde groep?'

'Mogelijk. Dat zullen we moeten uitzoeken. Maar de vraag die blijft opkomen is waarom ze het op uw vader hebben gemunt.'

Jeroen zuchtte en streek over zijn haar. Anne zag kleine zweetpareltjes op zijn voorhoofd, ondanks de airconditioning. Ze probeerde zijn blik te lezen, maar hij keek niet naar haar. 'Ik weet het niet', zei hij uiteindelijk. 'Sinds vorige week breek ik me het hoofd over de vraag wie het op Inge, of indirect op mijn vader of mij, gemunt zou kunnen hebben, maar ik kom er niet uit. Voor zover ik weet, hebben we geen vijanden. Niet persoonlijk, en ook niet zakelijk.'

Anne was zo gespannen dat ze bijna vergat om adem te halen. Het leek net alsof ze van een afstandje toekeek, alsof ze hier niet zelf zat. Tot vorige week was ze gewoon een medewerker van een makelaarskantoor geweest, nu zat ze in een verhoorkamer en hoorde ze een politieman dingen zeggen over georganiseerde misdaad. Ze knipperde met haar ogen en schudde heel kort haar hoofd, alsof ze daarmee de situatie minder bizar kon maken. Ze probeerde niet te denken aan Henk. Zouden ze hem pijn hebben gedaan? Waar was hij? Leefde hij eigenlijk nog wel?

Ze merkte dat de agent haar aankeek en realiseerde zich dat ze die laatste vraag hardop had gesteld. De man maakte een beweging met zijn hoofd die het midden hield tussen ja-knikken en nee-schudden. 'Daar ga we wel van uit', zei hij toen. 'Een ontvoering is vanuit de ontvoerders gezien volkomen zinloos als het slachtoffer binnen een paar uren of dagen om het leven wordt gebracht, zonder dat er eisen zijn gesteld of ingewilligd. Dan heb je het meer over een afrekening dan over een ontvoering.'

Anne schudde haar hoofd. 'Afrekening...' zei ze zacht, vooral tegen zichzelf. 'Ik kan dat gewoon niet geloven.'

'Nogmaals, ik verwacht niet dat dat aan de orde is', zei de agent.

Anne keek op en wisselde een blik met Jeroen. Ze las angst in zijn ogen. Ze sloeg haar blik neer en likte aan haar lippen. Ze wilde iets zeggen, maar deed het niet. Het enige wat in haar opkwam was dat Henk gewoon een gepensioneerde zakenman was, die zijn bedrijf op een eerlijke manier had opgebouwd en dat het idee dat iemand hem wilde ontvoeren werkelijk te absurd voor woorden was. Maar die gedachte sprak ze niet uit. Want Henk was wel ontvoerd en langzaam begon het besef bij haar door te dringen dat daar een reden voor moest zijn. Een reden die niet alleen met Jeroen, maar misschien ook met Henk zelf te maken had.

'Jeetje.' Marloes beet op haar onderlip en keek Anne aan. 'Wat een verhaal.'

'Ja.' Anne staarde naar het tafelblad. Er zat een krasje op waar ze met haar vinger overheen streek.

'En nu?' vroeg Suzan.

Anne haalde kort haar schouders op. 'Dat is precies wat ik me ook afvraag. De politie is natuurlijk bezig met een onderzoek, maar hoe langer het duurt voor ze iets vinden, hoe verder de ontvoerders al zijn. Zij hebben een voorsprong.'

'En die Jeroen dan?' vroeg Marloes. 'Hij kan toch wel íéts meer vertellen dan hij nu doet? Jij dacht dat hij er misschien meer van wist.'

'Dat dacht ik, ja', knikte Anne. 'Juist omdat hij niks tegen de politie zegt. Hij houdt vol dat hij niks weet.'

'Denk je dat dat waar is?'

'Nee, maar dat kan ik moeilijk zeggen.'

'Waarom niet?' vroeg Suzan. 'Je kunt toch best bij de politie aangeven wat je vermoedens zijn.'

'Dat is het probleem: ik weet niet wat mijn vermoedens zijn.' Anne draaide haar lege glas rond en stond op. 'Willen jullie nog wat drinken?'

Marloes en Suzan schudden hun hoofd en Anne liep naar de keuken om voor zichzelf een glas water in te schenken. Ze wierp een blik op de klok. Het was even na twaalven. Eigenlijk zou ze nu op kantoor moeten zijn, maar het lukte haar niet om zich op haar werk te concentreren. Uiteindelijk hadden zij en Jeroen na twee uur het politiebureau verlaten. Ze waren teruggegaan naar kantoor. Anne had geprobeerd uit te vinden wat zijn gedachten waren, maar hij was duidelijk niet van plan geweest haar daar inzicht in te geven. Nog geen tien minuten nadat ze op kantoor waren aangekomen, had Jeroen zijn laptop ingepakt en was hij weggegaan. Anne had een tijdje naar haar scherm zitten staren, maar er kwam niks uit haar handen. Daarom had ze besloten af te sluiten. Normaal gesproken zou ze dat niet doen, maar tegenwoordig leek niks meer normaal. Ze had eerst Daniel en daarna haar vriendinnen gebeld. Daniel zat in een belangrijke bespreking en kon niet naar haar toe komen. Dat hoefde ook niet. Hij deed wat hij kon, maar hij moest ook gewoon werken. Gelukkig waren Marloes en Suzan nog niet vertrokken voor hun tocht door de omgeving, die ze vanmiddag wilden maken. Ze waren meteen naar haar toe gekomen.

Anne liep de kamer weer in en ging aan tafel zitten. Ze keek naar haar vriendinnen. 'Ik begrijp er gewoon helemaal niks van.'

'Het gaat er niet om dat je het begrijpt, het gaat erom dat je de politie alles vertelt wat je weet', zei Suzan zakelijk. 'Wat voor jou onbelangrijk lijkt, kan voor hen net een belangrijke schakel zijn.'

'Je klinkt al net zoals die agent vanochtend.'

'Maar heb je alles verteld wat je weet?'

Anne zuchtte. 'Ik weet niks. Ik vermoed alleen van alles.'

'Dan vertel je je vermoedens.'

Anne schudde nadenkend haar hoofd. 'Als ik het mis heb, zoeken ze het in de verkeerde richting. Dat is niet alleen nadelig voor Henk, het kost me vast ook mijn baan als Jeroen erachter komt wat ik heb gezegd.'

'Maar je hebt toch op kantoor rondgekeken?' vroeg Marloes. 'Heb je dan niks gevonden?'

Ineens herinnerde Anne zich de foto's die ze met haar telefoon had gemaakt. Thuis had ze er printjes van gemaakt en die in een mapje gestopt, maar daarna was ze vergeten ernaar te kijken. Snel stond ze op en liep naar het laatje waar ze het mapje had opgeborgen.

'Kijk,' zei ze toen ze de papieren op tafel uitspreidde, 'dit vond ik op Jeroens bureau, weggestopt onder een stapel papieren. Het heeft volgens mij niet met huizen te maken.' Ze zag een aantal getallen onder elkaar staan. Grote getallen, maar ze wist niet hoe ze die moest interpreteren. Waren het bedragen? Er stond geen duiding bij, wel een paar optelsommen. Anne kneep haar ogen een beetje samen. Als dit bedragen waren, dan ging het om grote sommen geld.

Genoeg om iemand voor te ontvoeren?

'Hé, kijk.' Suzan boog zich over een van de papieren. Ze tikte met haar vinger op een rij getallen die onder elkaar stond, ogenschijnlijk opgeteld volgens een ingewikkelde formule. Er stonden wat woorden naast gekrabbeld.

Anne keek haar vriendin aan. 'Wat is dat?'

'Er staat iets naast over chips. En hier...' Ze trok het papier naar zich toe en probeerde het kriebelige handschrift te ontcijferen. 'Hier staat "royal flush".'

'Chips en royal flush? Het zegt mij niks.'

'Het zijn pokertermen.'

Anne keek haar aan alsof ze gek was geworden. 'Pókertermen? Hoe bedoel je?'

'Zoals ik het zeg. Chips, dat zijn fiches. En royal flush is een bepaalde combinatie van kaarten. Volgens mij zelfs de beste die je kunt hebben, maar dat weet ik niet zeker.'

'Hoe weet je dat?' vroeg Marloes.

'Herinner je je Kenneth nog? Hij was nogal fanatiek met poker. Meestal online, maar hij deed ook weleens mee aan zo'n toernooi. Ik weet verder niet zo veel van het spel af, maar de termen herken ik wel.'

Anne liet de informatie op zich inwerken. Dit was wel het laatste wat ze had verwacht. Wat had poker te maken met wat er allemaal rondom Costa Villas gebeurde? Ze had Henk noch Jeroen ooit over het spel gehoord. Sterker nog, ze kende überhaupt niemand die pokerde. Maar zelfs al zou Jeroen of Henk zich aan het spel hebben gewaagd, wat had Costa Villas er dan mee te maken? Ze hoorde Suzan en Marloes de wildste scenario's bedenken, maar het drong niet echt tot haar door. In haar hoofd maalden haar gedachten. Zou Jeroen geld van het bedrijf hebben vergokt? Organiseerde Henk in het geheim pokertoernooien en was hij nu door de mand gevallen? Was pokeren eigenlijk illegaal? Het was vast niet voor niks dat de aantekeningen verstopt waren. Of had dat een andere reden?

Ze sloot haar ogen en schudde haar hoofd om de absurde gedachten kwijt te raken. Rustig nadenken, dat moest ze doen. Ze keek toe hoe Suzan door de papieren bladerde en af en toe iets aanwees. Nog meer bevestiging dat de aantekeningen met het spel te maken hadden. Anne probeerde er conclusies aan te verbinden, maar dat lukte niet. Misschien was wat hier voor haar op tafel lag gewoon oud papier, overgebleven na een avond waarop Jeroen en zijn vrienden zich aan een onschuldig kaartspel hadden gewaagd. De grote getallen hoefden niks te betekenen. Wie zei dat ze voor bedragen stonden?

7

Met het gevoel alsof ze drie weken niet had geslapen, legde Anne de volgende ochtend het stukje tussen haar huis en kantoor af. Ze had de hele nacht liggen woelen en had rond drie uur maar het idee opgegeven dat ze nog in slaap zou vallen. In plaats daarvan had ze op internet allerlei informatie over poker opgezocht. Ze kende nu alle termen, maar daar schoot ze niet veel mee op. In de aantekeningen stonden, naast die paar dingen die Suzan had gezien, geen duidelijke aanwijzingen dat het om het kaartspel ging. Ze kon er sowieso niet echt wijs uit worden. Sommige dingen waren in onleesbaar Spaans neergekrabbeld en verder stonden er wat losse woorden, die niets met elkaar te maken leken te hebben. Hoelang ze er ook over piekerde, ze kwam er niet uit. Het handschrift leek een beetje op dat van Henk, maar helemaal zeker wist ze het niet.

In gedachten verzonken duwde ze de deurklink naar beneden. Ze opende de deur en stapte naar binnen. Met een ruk bleef ze staan. Een onheilspellend gevoel bekroop haar. Nog voor ze zich realiseerde waar ze naar keek, besefte ze dat de deur helemaal niet open hoorde te zijn. Ze knipperde met haar ogen en liet haar blik over de grond glijden. Ze slikte moeizaam. Honderden papieren, opengeslagen mappen, archiefdozen die gewoon waren omgekeerd – het was een enorme rotzooi. Er lagen twee laptops, die ze herkende als de oude computers die nog in de kast stonden. Diverse dossiermappen waren gewoon omgekeerd en lagen leeg naast wat hun inhoud was geweest. De grond lag bezaaid met de papieren die eruit waren gekomen. Degene die dit had gedaan, had geen enkele moeite genomen om de sporen te wissen.

Ze deed een stap achteruit en onderdrukte de neiging weg te rennen. Haar hart begon te bonzen. Was dit een inbraak? Ze keek naar de laptops. Ze waren oud en vast niet veel waard, maar een inbreker die laptops liet staan... Dit was niet zomaar een inbraak. Haar mond werd droog en ineens had ze het gevoel dat er ogen op haar gericht waren. Met een ruk draaide ze zich om, maar er was niemand. Haar hart hamerde nu zo hard dat haar oren ervan suisden. Ze moest iets doen, hier in de deuropening blijven staan loste niks op. Voorzichtig zette ze een paar stappen en bleef staan luisteren. Was er nog iemand binnen? Zweet prikte op haar rug en de haren op haar arm stonden recht overeind. Een onheilspellend gevoel kwam over haar.

Ze slaakte een gil toen er papieren opwaaiden. Haar mond werd droog en een golf misselijkheid overspoelde haar. Het volgende moment sloeg de deur met een klap dicht. Ze schreeuwde en draaide zich om. Moeizaam slikte ze. De wind. Het moest de wind zijn geweest.

Opnieuw keek ze naar de chaos. Weifelend liep ze naar voren. Duizelig van angst keek ze in het keukentje. Er was niemand. Ze trok de onderste la van haar bureau open. Het geldkistje waarin ze altijd wat cash bewaarde als wisselgeld, stond nog op z'n plek. Ze voelde aan het deksel. Op slot.

In twee stappen was ze bij de sleutelkast, die keurig op slot zat. Met haar eigen sleutel maakte ze hem open en even later had ze de driehonderd euro in haar hand, die onaangeroerd in het geldkistje lag. Snel liet ze haar blik door het sleutelkastje glijden. Er ontbrak geen enkele sleutel.

Even schoten de woorden van de agent door haar heen. Het is tegenwoordig niet zo moeilijk een sleutel te laten bijmaken, en tegen de tijd dat je 's ochtends op kantoor komt, hangt alles op z'n plek. Zouden de sleutels vannacht zijn bijgemaakt? Konden ze een inbraakgolf in hun verhuurde huizen verwachten? Ze keek weer naar de papieren op de vloer. Het leek niet het doel van deze inbraak te zijn.

Ze keek naar de mappen die leeg op de grond lagen. Er waren ook oudere bij, zag ze. Afkomstig uit een kast die niet op slot zat. Als je eenmaal binnen was, was het niet moeilijk om bij die mappen te komen. De vraag was alleen wat iemand te zoeken had in de oude administratie.

Ineens herinnerde ze zich iets. Ze schoot overeind en liep naar het keukentje. Achterin was een deur, die nauwelijks meer dan eens per jaar werd gebruikt. Die deur leidde naar een klein keldertje, waar nog meer oude administratie werd bewaard tot de wettelijke bewaartermijn was verstreken en de papieren vernietigd konden worden.

Het viel Anne meteen op. Het tafeltje dat haastig teruggeschoven was en nu scheef stond, de omgevallen koffiebeker waar een klein beetje vocht uitgelopen was dat nu op het tafeltje lag. Ze staarde er gefixeerd naar. Het vocht lag er te kort om opgedroogd te zijn.

Ze voelde hoe de angst zich diep binnen in haar begon te roeren en snel aan kracht won. Haar handen trilden, haar blik was op de deur gericht. Alles in haar schreeuwde dat ze moest wegrennen, maar ze kon het niet. Haar voeten weigerden dienst. Ze moest de deur openen, de confrontatie aangaan. Dit was niet zomaar een inbraak. Dit stond niet los van al het andere. Ze hadden Henk. Ze kon niet wegrennen.

Trillend zette ze een stap naar voren. Ze had het gevoel dat haar knieën het zouden begeven en zocht steun bij de muur. Een licht gekraak klonk als een kanonschot in haar oren. Ze slaakte een kreet en beet hard op haar lip om te voorkomen dat ze het zou uitschreeuwen. Ze proefde bloed. Even sloot ze haar ogen en dwong zichzelf om rustig te worden. Daarna schoof ze zonder geluid te maken het tafeltje aan de kant. Met een bibberende hand pakte ze de deurklink. Langzaam duwde ze de klink naar beneden. De deur zat niet op slot.

Ze probeerde de tornado aan gedachten die haar overspoelde tot staan te brengen. Was de deur normaal gesproken wel op slot? Ze wist het niet. Ze blikte om zich heen. Ze moest iets hebben om zich te kunnen verdedigen, maar ze zag niks anders dan koffiebekers. Uiteindelijk reikte ze naar het kleine aanrecht, trok een la open en pakte het broodmes dat er al jaren lag en nooit werd gebruikt. Ze sloot haar vingers er stevig omheen. De vraag of ze in staat zou zijn het te gebruiken, drukte ze naar de achtergrond.

Ze slikte en langzaam trok ze de deur open. Telkens bleef ze even staan luisteren, maar ze hoorde niks anders dan het bonzen van haar eigen hart. Uiteindelijk stond de deur helemaal open. Een korte, steile trap leidde naar de ondergelegen ruimte, die niet veel groter was dan een kast. Anne zette een stap naar voren en reikte naar de lichtknop. Met haar andere hand omklemde ze het mes.

Ze voelde het harde plastic van de lichtschakelaar onder haar vingers en dwong zichzelf te drukken. De klik klonk hard door de stilte.

Anne bleef even als verstijfd staan, voorbereid op wat ging komen.

Ze realiseerde zich pas dat ze haar ogen stijf had dichtgeknepen, toen het doodstil bleef. Ze opende ze en liet haar greep op het mes verslappen. Het kletterde op de grond. Ze raapte het op en legde het terug in de la.

Anne wist niet waarom, maar er rolden tranen over haar wangen. Misschien was het de opluchting dat er niemand te zien was in het kleine keldertje. Pas in tweede instantie realiseerde ze zich dat het ook hier een bende was. Papieren lagen op de grond, de inbrekers hadden ook hier geen enkele moeite gedaan hun sporen te wissen. Twee kasten stonden open. Anne daalde het trappetje af en kneep haar ogen samen. Zelfs de kluis stond open. Haar blik bleef erop hangen. De deur was beschadigd. Een koevoet? Ze had geen idee of je daarmee een kluis kon openen.

Ze keek erin. Er lag niks in. Ze probeerde zich te herinneren wat erin bewaard was. Jeroen had het weleens verteld. Eigendomspapieren van huizen. Van Henk en Jeroen zelf, en van Villa España. Verder niks, voor zover ze wist.

Ze liet haar blik op de papieren op de grond gaan. Er lagen wat mappen tussen met enigszins vergeelde etiketten. Ze knielde neer en las de etiketten. De eigendomspapieren uit de kluis, achteloos neergesmeten. Daar waren de inbrekers dus niet op uit. Natuurlijk niet, wat waren die papieren waard? Maar blijkbaar was hetgene waar ze wel op uit waren, iets wat tussen de administratie bewaard zou moeten worden. Alle gedachten die door haar hoofd knalden, stuitten op die ene vraag: wat was het doel?

Ze beklom het trappetje en liep terug naar haar bureau. Ze liet zich op haar stoel zakken, nog steeds trillend. Ze moest de politie bellen. Misschien konden ze sporen vinden, aanwijzingen die leidden naar de mensen die Henk hadden ontvoerd. Of had ze die sporen geruïneerd door rond te lopen. Ze wist het niet. Ze voelde zich ineens leeg, en moe. Alsof de spanning al haar energie had weggezogen. Ze pakte de telefoon. In haar tas zocht ze naar het kaartje dat de rechercheur haar had gegeven. Ze vond het in haar agenda en belde zijn nummer. Hij nam vrijwel meteen op.

'We komen er meteen aan', beloofde hij toen Anne kort had verteld wat er was gebeurd. Hij drukte haar op het hart te blijven waar ze was en niks aan te raken. Anne gaf geen antwoord. De rechercheur hing op.

Met de telefoon in haar hand staarde Anne voor zich uit. Nu pas realiseerde ze zich dat ze Jeroen moest bellen. Even schoot het door haar heen dat hij misschien niet blij was dat ze de politie erbij had gehaald. Meteen verwierp ze die gedachte weer. Er was ingebroken, natuurlijk had ze de politie gebeld.

'Jeroen', zei hij toen hij opnam.

'Met Anne. Ben je al bijna op kantoor?'

'Nee, ik wilde vanmiddag pas komen. Ik ben op weg naar Inge. Hoezo?'

'Je kunt beter nu komen. Er is ingebroken.'

Even viel er een stilte. Ze hoorde Jeroens ademhaling. 'Hoe bedoel je?' vroeg hij toen.

'De deur was open toen ik hier vanochtend kwam. Alles is overhoop gehaald overal liggen papieren.'

Jeroen slikte hoorbaar. 'Shit. Ben jij in orde?'

'Ja, ze waren al weg toen ik hier kwam. Ik heb de politie gebeld.'

'Ik kom eraan.'

Hij hing op. Anne keek voor zich uit en probeerde voor zichzelf op een rijtje te zetten wat deze inbraak te betekenen had. Wat haar net niet was opgevallen, zag ze nu meteen. Het slot was geforceerd, hing zelfs een beetje scheef. Wie het ook was geweest, een sleutel had hij niet. Ze wist niet precies waarom haar dat een klein beetje geruststelde.

Een paar minuten later stopte er een auto voor de deur. De rechercheur stapte uit, samen met een jongere collega. Anne stond op en trok de deur open. Ze zag de blik van de rechercheur en liet de klink meteen los. Ze kon zichzelf wel voor haar kop slaan. Waarom had ze niet eerder gedacht aan zoiets als vingerafdrukken?

'Dus zo hebt u het aangetroffen?' vroeg de rechercheur, die in de deuropening bleef staan en een paar rubber handschoenen tevoorschijn trok. Zijn collega volgde het voorbeeld.

Anne knikte. 'Alles is overhoop gehaald, maar voor zover ik kan zien is er niks meegenomen. We hebben een geldkistje met wat contant geld erin. Dat staat er nog, het was niet eens opengemaakt.'

De rechercheur fronste en knikte toen. Hij pakte zijn opschrijfboekje, zijn collega haalde een fotocamera tevoorschijn. Anne bleef besluiteloos staan terwijl de politiemannen hun werk deden.

'Bent u hier geweest?' vroeg de oudste van de twee vanuit het keukentje.

Anne liep naar hem toe en wees naar de deur. 'Het viel me op dat het tafeltje scheef stond en dat er een beker was omgevallen, dus dacht ik dat ze ook beneden waren geweest. Daarom ben ik gaan kijken.'

De agent keek haar van opzij aan. Hij zei niks, maar Anne voelde wat hij bedoelde. Als deze inbraak in verband stond met wat er met Henk was gebeurd, was het uitermate stom dat ze op eigen houtje was gaan rond lopen. Wat als er wel iemand in de kelder was geweest?

Ze drukte die gedachte snel weg. 'Er was niemand', zei ze ten overvloede. 'Ze zijn daar wel geweest. De kluis is geforceerd.'

'Wat lag erin?'

'Volgens mij alleen maar eigendomspapieren. Die liggen nu op de grond.'

De rechercheur fronste. Hij daalde het trappetje af en keek rond. Daarna maakte hij wat aantekeningen en kwam weer naar boven.

'Heeft u enig idee wat dit te betekenen heeft?' vroeg Anne.

De man keek haar aan. 'Nog niet', antwoordde hij neutraal. 'We nemen dit mee in het onderzoek. Als we erachter kunnen komen wat het doel van deze inbraak is, brengt dat ons een stap dichter bij een doorbraak in het onderzoek. Maar blijkbaar is dat doelwit niet hier te vinden.' Hij keek even voor zich uit. 'Wat op zichzelf ook een aanwijzing is.'

Anne knikte. Voor de zoveelste keer probeerde ze te bedenken wat dat doelwit dan zou moeten zijn, maar ze kwam er niet uit. Ging het om geld? Had Henk gezegd dat dat op kantoor te vinden was? Dat was compleet onlogisch, hij wist als geen ander dat ze contanten nog op de dag van ontvangst bij de bank afstortten.

Ze hoorde voetstappen bij de deur en liep snel het keukentje uit. Het was na negenen en dat betekende dat Costa Villas volgens het bordje op het raam nu geopend was. De zaak moest vandaag maar dicht blijven, of in elk geval vanochtend. Misschien moest ze een briefje printen.

In de deuropening stond Jeroen. Anne bleef staan toen ze hem zag. Hij liet zijn blik over de chaos gaan. Ze probeerde te peilen wat er in hem omging. Boven alles zag hij er verslagen uit.

Die verslagenheid verdween uit zijn ogen toen hij opkeek en Annes blik ving. Er kwam iets voor terug dat op bezorgdheid leek. 'Gaat het een beetje met jou?'

Anne knikte. Weer kwamen er tranen in haar ogen. De schrik van vanochtend zat er nog steeds goed in. Maar ze wilde niet huilen. Ze knipperde en slikte de brok in haar keel weg. 'Ja. Het gaat wel.'

'Je zult wel geschrokken zijn.' Jeroen liep over de rondslingerende papieren naar haar toe en bleef voor haar staan. Hij legde even zijn hand op haar arm. 'Gaat het echt wel?'

Anne schraapte haar keel en vermande zich. 'Ja, ik ben al een beetje over de schrik heen. Gelukkig was er niemand meer aanwezig toen ik hier aankwam.' Ze gebaarde naar de politiemannen achter haar in het keukentje. 'De recherche doet onderzoek.'

Jeroen wierp een blik langs haar heen en knikte. Hij zette zijn laptoptas op zijn bureau neer. Anne keek naar de tas. Nam Jeroen altijd zijn computer mee naar huis, of was dat iets van de laatste tijd? Ze wist het eigenlijk niet. Ze had er nooit echt op gelet.

Jeroen liep naar de agenten en schudde hen de hand. Anne hoorde het drietal op gedempte toon praten. Ze had het idee dat de recherche hier eigenlijk niet zo veel mee kon.

Jeroen verscheen weer. Anne keek hem aan. Ze wilde van alles vragen, maar deed het niet. Jeroen streek over zijn haar en ging achter zijn bureau zitten. Hij leek niet goed te weten wat hij moest doen. Hij pakte een pen en legde die weer terug. Uiteindelijk trok hij een schrijfblok naar zich toe, maar wat hij ermee van plan was, leek hij zelf niet te weten. Hij legde zijn mobiele telefoon erop en bleef voor zich uit staren.

Anne haalde diep adem. 'Het lijkt wel alsof ze iets zoeken.'
Jeroen keek haar een beetje meewarig aan. 'Je meent het.'
Anne negeerde de toon in zijn stem. 'Denk je dat dit iets met je vader te maken heeft?'
Hij dacht even na. De harde trek op zijn gezicht maakte plaats voor een zorgelijke. 'Ik wilde dat ik het wist. Misschien. Maar ik kan echt niet bedenken wat dat dan zou zijn. Het moet iets zijn wat veel waarde heeft, maar dat is hier niet te vinden.'
De oudste rechercheur verscheen weer. Hij stelde een paar vragen, Anne gaf zo goed mogelijk antwoord. Ze zag dat Jeroen meeluisterde, maar tegelijkertijd leek hij in gedachten te zijn. Wist hij meer? Ze durfde het niet met zekerheid te zeggen. Zou hij echt geen vermoeden hebben waar de inbrekers op uit waren? Anne schudde haar hoofd om de vragen te stoppen, maar ze bleven komen.
Uiteindelijk ging ze achter haar computer zitten, zonder de machine op te starten. Ze hoorde dat de rechercheurs aan het afronden waren. Blijkbaar hadden ze alles wat ze nodig hadden bekeken, opgeschreven en gefotografeerd. Ze vroeg zich af hoe het nu verder zou gaan.
'We gaan door met het onderzoek', antwoordde de jongste rechercheur toen ze die vraag hardop stelde.
'Kunnen we dit opruimen?'
'Ja, wij zijn hier klaar. Mocht u toch nog vaststellen dat er iets is verdwenen, willen we dat uiteraard meteen weten.'
Anne knikte. 'Natuurlijk.' Ze wierp een blik op Jeroen die nauwelijks reageerde. 'Bedankt dat jullie zo snel zijn gekomen.'
De twee mannen namen afscheid en stapten weer in hun auto. Anne keek naar Jeroen. 'Wat denk je?'
Hij reageerde geprikkeld. 'Weet ik veel. Als ik wist hoe het zat, zat mijn vader allang thuis op de bank, denk je niet?'

Anne keek hem aan met een mengeling van irritatie en begrip.

Door haar blik leek hij zich te realiseren dat hij wel erg bot was geweest.

'Sorry', zuchtte hij. 'Ik weet niet wat ze zoeken en ik weet niet wat ze gevonden hebben. En ik weet ook dat de politie weliswaar veel tijd in het onderzoek stopt, maar zolang ze hier op kantoor rondlopen, zijn ze niet naar mijn vader aan het zoeken.'

Anne schudde haar hoofd. Ze deelde die frustratie. 'Ik heb soms het idee dat ze helemaal niet aan het zoeken zijn.'

'De recherche zegt dat ze er met man en macht aan werken, maar dat het zoeken naar een speld in een hooiberg is.' Hij zuchtte en schudde even zijn hoofd. 'En ondertussen is hij al dagenlang weg.'

'Hoe zou het met hem gaan?' vroeg Anne. 'Ik hoop echt dat ze hem goed verzorgen.'

Ze zag Jeroens blik grimmig worden. 'Dat hoop ik ook. Als we maar wisten wat ze willen, dan hadden we tenminste íéts. Het niks kunnen doen is zo frustrerend.'

'Ze hebben dus nog steeds niets laten horen.'

'Nee.'

'Denk je...' begon Anne, maar ze maakte haar zin niet af. Toch had Jeroen begrepen wat ze bedoelde.

'Ik weet het niet', zei hij. 'Ik blijf mezelf maar moed in praten, maar zonder enig teken van leven weet ik gewoon echt niet of hij nog leeft. Ik heb liever dat ze tig miljoen eisen dan dat we niks horen.'

Anne slikte. 'Dat begrijp ik.'

Jeroen vermande zich. 'Maar je ontvoert iemand niet met het doel hem te vermoorden, denk ik. Dus ze zullen contact opnemen, op een of andere manier.'

Anne knikte. 'Dat denk ik ook.' Ze wees in de richting van de deur. 'Zal ik het kantoor maar dicht doen? Ik kan een briefje ophangen dat we tot twaalf uur gesloten zijn.'

Jeroen keek een beetje verdwaasd, alsof hij nog niet had bedacht dat dat misschien nodig was. 'Ja', zei hij na een paar seconden. 'Dat lijkt me een goed idee. Ik eh...' Hij stond op. 'Ik ga de kelder opruimen.'

Anne keek toe hoe hij verdween en zette daarna haar computer aan. Een paar minuten later rolde er een blaadje uit de printer waarop in het Spaans en het Nederlands stond dat de zaak wegens omstandigheden tot de middag gesloten was. Ze plakte het aan de binnenkant van het raam en keek daarna naar het vernielde slot van de deur. Er moest een slotenmaker komen. Na een paar minuten had ze er eentje gevonden op internet. Ze belde en de man beloofde meteen te komen.

Anne richtte zich daarna op de chaos op de grond. Ze pakte de lege ordners ertussen vandaan en rangschikte die naast elkaar op de grond. Daarna begon ze de papieren bij elkaar te rapen en terug te stoppen in de mappen. Elk blaadje dat door haar handen ging bekeek ze, maar ze wist niet waar ze op moest letten. Het waren voornamelijk papieren die bij de huizen hoorden: huur- en koopcontracten, onderhoudsovereenkomsten, brieven van eigenaars en andere makelaars. De administratie van het kantoor zelf, de belastingpapieren en jaarrekeningen werden bewaard in de kelder.

Drie kwartier later keek ze naar haar werk. Alle papieren zaten weer in de mappen waar ze thuishoorden en het kantoor zag eruit alsof er niks was gebeurd. Ze liep naar het keukentje, waar Jeroen net tevoorschijn kwam. 'Klaar?' vroeg hij.

Anne knikte. 'Jij ook?'

'Ja. Voor zover ik kan zien, is er niks verdwenen.'

'Nee, mij is ook niks opgevallen. Al weet ik natuurlijk niet tot in detail wat er in die mappen zit.' Ze aarzelde even. 'Wil je koffie?'

Jeroen keek naar het apparaat, maar leek het niet echt te zien. Uiteindelijk schudde hij zijn hoofd. 'Nee. Laten we de zaak maar dichthouden vandaag en allebei naar huis gaan. Of komen er vandaag gasten aan?'

Anne schudde haar hoofd. 'Morgen pas weer.'

'Ga anders lekker naar huis. Even bijkomen.' Hij keek haar bezorgd aan. 'Dit is voor jou ook niet makkelijk. Ik zie je morgen weer.'

Ze draaide zich om, pakte haar tas en liep naar de deur. Nu pas herinnerde ze zich de slotenmaker. Ze vloekte zacht. 'Blijf jij hier tot hij geweest is?' vroeg ze, met de deurklink in haar hand.

Jeroen knikte. 'Ja. Ik ben hier nog wel even bezig, en daarna ga ik naar Inge.'

'Hoe is het met haar?'

Hij schokschouderde. 'Ze begrijpt niet waarom mijn vader niet komt. Dat kan ik haar ook niet uitleggen.'

'Ze krijgt het zwaar te verduren. Eerst wordt ze meegenomen, nu mist ze haar vader.'

'Ja.' Er gleed een schaduw over Jeroens gezicht. 'Ik heb zo met haar te doen, maar ik kan er gewoon niks aan veranderen. Maar ze is sterk. Sterker dan je op het eerste gezicht zou zeggen.'

'Hopelijk is het allemaal snel achter de rug.'

Jeroen gaf geen antwoord. Hij leek in gedachten verzonken.

Anne deed de deur open. 'Tot morgen.'

Ze liep de straat op. Het was al behoorlijk warm en ze voelde de zon op haar huid. Anders dan anders vervulde het haar vandaag niet met blijdschap. Daarvoor was het gevoel van onbehagen te groot.

Ze stapte in de auto en nam de snelste route naar haar appartement. Onderweg dacht ze na over Jeroen. Aan de ene kant had ze met hem te doen. Hij maakte zich duidelijk grote zorgen over zijn vader. Aan de andere kant wist ze nog steeds niet echt wat ze van hem moest denken. Eerst stelde hij voor dat ze allebei naar huis zouden gaan, drie minuten later zei hij dat hij dingen te doen had en nog wel even bezig was. Wilde hij haar weg hebben? Had hij daarom voorgesteld dat ze naar huis zou gaan? Of wilde hij aardig zijn en haar niet opzadelen met het gevoel dat ze hem had laten zitten?

Ze schudde haar hoofd, een beetje moe van al die gedachten die elke keer door haar heen gingen. Ze wilde dat alles weer normaal werd, maar tegelijkertijd wist ze ook wel dat het misschien wel nooit meer normaal zou worden.

Er stonden veel auto's in haar straat en ze moest verderop parkeren. Even aarzelde ze, toen besloot ze via de boulevard te lopen. Ze had behoefte aan de ongedwongen reuring. De boulevard werd op dit tijdstip vooral bevolkt door wat strandgasten en de eerste lunchgangers. Ze passeerde Casa en keek of ze Ingrid zag. Ze ontwaarde haar vriendin op het terras en zwaaide even. Ingrid zwaaide terug en kwam naar haar toe.

'Hé, hoe is het?'

Even dacht Anne aan hun lunch, de dag voor ze Inge vond. Het leek wel een jaar geleden.

'Ja, goed', loog ze. 'Z'n gangetje.' Ze had geen zin om te vertellen wat er echt speelde. 'En met jou?'

'Prima.' Ingrid gebaarde naar het terras achter haar. 'Druk. Het seizoen is nu echt begonnen.'

Hoewel het op de boulevard redelijk rustig was, zat het terras bij Casa vol, zoals gewoonlijk.

‘Succes’, zei ze. ‘Ik zal je niet ophouden.’

Ze had niet de indruk dat Ingrid nog naar haar luisterde toen ze gedag zei. Anne beet op haar lip en liep door in de richting van haar huis. Ze voelde zich een beetje verloren. Daniel was aan het werk, Marloes en Suzan waren een dagje naar Barcelona, dus hen kon ze ook niet bellen. Ze zouden vast terugkomen als ze het vroeg, maar dat wilde ze niet.

Ze ging het appartementencomplex binnen en stapte in de lift. Net toen ze op het knopje voor de bovenste etage drukte, schoot er nog een man de lift in. Anne knikte hem toe, hij keek strak terug. Terwijl de liftdeuren dicht schoven, bekroop haar een ongemakkelijk gevoel. Hij had zijn blik inmiddels op de vloer gericht, maar wat ze net in zijn ogen had gezien, zat haar niet lekker. Ze huiverde, ook al was het warm. Ze kende deze man ook helemaal niet, ze had hem hier nog nooit eerder gezien. Dat was raar, want ze kende alle bewoners van het complex in elk geval van gezicht. Ze wierp een blik op zijn grote lichaam, donkere haar en enigszins ronde neus. Hij had een opvallend litteken op zijn wang, dat wit afstak tegen zijn licht getinte huid. Een jaar of veertig moest hij zijn. Hij droeg een spijkerbroek en een zwarte trui, ook al was het bloedheet buiten. Ze scande zijn trui op logo’s. Een energiemaatschappij? Waterbedrijf? Ze zag niks. Hij was niet van een bedrijf. Maar wat kwam hij dan doen?

Een rilling gleed over haar rug toen ze zag dat hij niet op een ander knopje drukte. Hij ging ook naar de bovenste etage. Het klopte van geen kant. Er kwamen vier deuren uit op het portaaltje en alle vier de bewoners kende ze van zowel naam als gezicht.

Ze slikte om de opkomende paniek de kop in te drukken. Waarom had ze niet beter opgelet? Al die rare dingen die gebeuren, en zij stapte gewoon met een vreemde in de lift. Ze keek naar de dichte deuren en voelde hoe een straaltje zweet over haar rug naar beneden liep. Ze zat als een rat in de val.

Ze kon een kreet maar net onderdrukken toen hij naar voren reikte. Elke spier in haar lichaam spande zich. Instinctief balde ze haar vuisten. Toen de man op het knopje voor de derde verdieping drukte, stond ze even te kijken. Een paar seconden later kwam de lift al tot stilstand en gleden de deuren open. Anne huilde bijna van opluchting toen de man naar voren stapte. Even hield hij zijn pas in. Anne ademde scherp in. Hij keek om, ving haar blik. Het duurde een halve seconde, maar het was lang genoeg om een rilling over haar hele lijf te jagen. Het onheilspellende gevoel wilde haar niet loslaten nadat de man was uitgestapt.

Haastig stapte Anne zelf uit de lift toen die op de bovenste verdieping was aangekomen. Ze stak haar sleutel in de deur en draaide die om. Op hetzelfde moment werd de deur van binnenuit opengetrokken. Anne gilde. Een gestalte verscheen. Paniek vertroebelde haar blik. Ze schreeuwde en sloeg. Iemand greep haar vast, ze maaide met haar armen om los te komen. Ze raakte iets, maar niet hard genoeg. Er flitste van alles door haar heen.

Toen ineens hoorde ze een bekende stem. Het was alsof alles in haar in één klap tot stilstand kwam. Opluchting stroomde door haar heen en ze voelde zich slap worden.

'Anne, liefje, gaat het? Wat is er?' Daniels stem klonk bezorgd en geschrokken. Hij hield haar stevig in zijn armen en aaide over haar rug. 'Wat is er?' herhaalde hij.

Anne begon te snikken. 'Ik...' De tranen benamen haar het vermogen om iets te zeggen. Daniel nam haar mee naar binnen en wachtte geduldig tot ze iets rustiger werd. Anne liet haar hoofd tegen zijn schouder rusten. Met trillende stem zei ze: 'Er is ingebroken bij Costa Villas.' In een paar zinnen vertelde ze het hele verhaal, ook over de vreemde man in de lift. Daniel hoorde het aan zonder haar te onderbreken. Uiteindelijk zei hij: 'Het is ook logisch dat je een beetje bang bent geworden. Er gebeurt ook zo veel.'

'Ik wil gewoon dat alles weer normaal wordt.'

Daniel liet haar los en hield haar op een armlengte afstand. Hij glimlachte naar haar. 'Ik weet zeker dat de politie er alles aan doet om Henk snel terug te brengen. En dan wordt het vast allemaal weer normaal.'

Anne knikte en glimlachte een beetje. Hopelijk had hij gelijk.

Nu pas realiseerde ze zich dat Daniel gewoon aan het werk had moeten zijn. 'Wat doe je hier eigenlijk?'

'Er is een afspraak afgezegd', verklaarde hij zijn aanwezigheid. 'Ik hoorde het toen ik net in de auto stapte. Dus ben ik maar weer teruggegaan. Ik wilde net weggaan, maar toen kwam jij.'

'O.' Anne maakte zich los. 'Ga maar, ik red me wel.'

'Zeker weten?'

'Ja. Het gaat wel weer.' Ze haalde diep adem. 'Ik ga vandaag gebruiken om eens goed tot rust te komen. Dan ziet de wereld er morgen vast heel anders uit.'

Ze hoorde hoe ferm die woorden klonken en hoopte zelf dat het waar zou zijn. Eerlijk gezegd had ze geen idee hoe de wereld er morgen uit zou zien.

8

‘Wat was het heerlijk in Barcelona’, verzuchtte Marloes, terwijl ze zich op een stoel liet zakken. Ze kreunde licht. ‘Maar door dat geslenter de hele dag, zijn mijn voeten de komende dagen onbruikbaar.’

‘Komt dat even goed uit’, zei de ober die naast haar opdook in het Nederlands. ‘We hebben namelijk een avondvullend vijfgangenmenu.’

Marloes grijnsde. ‘Goede klantenbinding. Ik wil om te beginnen wel een glas rosé.’

Suzan wilde hetzelfde. Anne bestelde droge witte wijn. Ze liet haar blik over het terras glijden. Het was negen uur en het restaurant vulde zich nu in rap tempo. Het was maar een klein tentje in een smal straatje om de hoek bij haar huis. Je zou er zo voorbij lopen, maar ze wist dat het eten hier hemels was.

‘Het lijkt wel alsof in elk restaurant Nederlanders werken’, merkte Marloes op. ‘Terwijl dit volgens mij niet in handen is van Nederlandse eigenaars.' Ze bladerde door de menukaart. 'Ik zie althans geen Nederlandse vertaling.'

Suzan haalde haar schouders op. 'Dit gebied heeft blijkbaar een enorme aantrekkingskracht voor Nederlanders. Er wonen er veel, en er komen veel toeristen. Dat viel me in Barcelona ook op. Toen ik er tien jaar geleden voor het eerst kwam, was dat veel minder.'

Anne knikte. Je kon in Barcelona inderdaad geen drie meter lopen of je struikelde wel weer over een Nederlander. Vooral in de übertoeristische gedeeltes van de stad, waar Marloes en Suzan vandaag waren geweest.

De ober zette de wijn voor hen neer en Marloes nam dankbaar een slok. 'Daar was ik wel aan toe.'

'Het is anders al je vierde glas', bromde Suzan goedmoedig. 'Je vergeet die drie witte wijn op ons balkon.'

'O ja.' Marloes grinnikte. 'Heerlijk, hè, vakantie.'

'Zalig.' Suzan stak haar been uit en keek naar haar sandaaltjes met hoge hak. 'Ik ben zo blij met mijn nieuwe schoenen. En dat voor nog geen twintig euro.'

Marloes knikte en streek over het zeegroene truitje dat ze droeg. 'Voor vijftien euro gescoord bij El Corte Inglés. Wat een heerlijk warenhuis is dat.'

'De volgende keer ga ik met jullie mee en dan gaan we alleen maar shoppen', zei Anne.

'Inderdaad', zei Marloes. 'Die gebouwen van Gaudi, die geloof ik nu wel.'

'Dat zei ik vanochtend al', zuchtte Suzan.

Marloes lachte. 'Ja, maar je moet ze wel hebben gezien, vind ik. Ze zijn trouwens echt prachtig.'

Anne strekte haar benen en gaapte hartgrondig. Marloes monsterde haar. 'Moe?'

'Een beetje. Ik heb de laatste paar nachten slecht geslapen.'

'Je ziet er een beetje pips uit', zei ook Suzan. 'Heeft het te maken met wat er op kantoor allemaal speelt? Je moet je niet zo'n zorgen maken, het komt vast allemaal wel goed.'

'Nou...' Anne merkte dat haar hand een beetje trilde toen ze naar haar wijn reikte. 'Er is vandaag weer heel wat gebeurd.'

In het kort vertelde ze over de inbraak. Marloes schrok. 'Dat is niet normaal, hoor', zei ze, toen Anne haar relaas had gedaan. 'Ik zou me ook kapot schrikken als ik jou was.'

Anne zuchtte even. 'Ik heb een beetje het gevoel dat ik doordraai. Ik probeer mezelf voortdurend wijs te maken dat ik overdrijf en dat het vast allemaal wel meevalt, maar dan gebeurt er weer iets en denk ik dat er wel van alles speelt. Ik begin zelfs paranoia te worden. Toen ik naar huis ging stond ik in de lift met een man die ik niet kende. Het leek er even op dat hij naar dezelfde verdieping als ik wilde gaan en ik raakte in paniek. Ik dacht echt dat hij er ook mee te maken heeft en dat hij me iets aan wilde doen.'

'Ging hij naar jouw etage?' vroeg Suzan.

'Nee, hij ging naar de derde.' Ze nam nog een slok wijn en zei toen, alsof ze zich wilde verdedigen: 'Maar hij zag er wel eng uit. Hij keek ook raar naar me. Of misschien dacht ik dat alleen maar, omdat ik tegenwoordig niemand meer vertrouw.' Ze sloeg de kaart open. 'Maar goed, weten jullie al wat je wilt?'

'Zullen we dat menu nemen?' stelde Suzan voor. 'Het staat daar op dat krijtbord en hoewel ik de helft wel verkeerd begrepen kan hebben, ziet het er volgens mij prima uit.'

De ober liep net voorbij en ze bestelden het eten en een fles rode wijn. Toen hij weggelopen was, nam Marloes een slok rosé. Ze zette haar glas op tafel en draaide het rond aan de steel, terwijl ze nadacht. 'Hoe zag hij eruit dan?' vroeg ze.

Anne keek haar aan. 'Wie?'

'Die man in de lift.'

Anne fronste. 'Groot, donker haar, bruine ogen. Echt zo'n Spanjaard, op zijn lengte na. En hij had een beetje een rare neus. Heel rond, en breed. O, en op zijn wang zat een litteken.'

'Weet je zeker dat je hem niet kende?'

Anne keek haar onderzoekend aan. 'Hoe bedoel je? Als ik hem eerder had gezien, had ik het zeker onthouden. Bovendien ken ik iedereen die in het complex woont. In elk geval van gezicht, en de meesten ook van naam.'

'Maar heb je hem ook niet ergens anders gezien?' drong Marloes aan.

'Nee, hoezo?'

'O...' Marloes probeerde blijkbaar luchtig te klinken, maar dat mislukte. 'Nee, niks.'

Anne trok haar wenkbrauwen op. 'Wat is er?' vroeg ze.

'Nou ja...' Marloes aarzelde. 'Toen je die man omschreef, moest ik denken aan iemand die ik in Club 24 heb gezien.'

'Ik kan je niet volgen.'

'Laat maar.' Marloes schudde haar hoofd. 'Ik heb het vast verkeerd onthouden.'

Anne keek haar scherp aan. 'Heb je iets gezien? Iemand?'

'Ik weet niet...'

Anne voelde zweet prikken op haar rug, al wist ze zelf niet eens waarom ze nu een ongenaam gevoel kreeg. 'Hoe zag diegene eruit?'

'Nou ja, zoals jij net omschreef: lang en groot, maar niet echt dik, donker haar, donkere ogen en een vreemde, ronde neus. Ik zat toen nog te denken dat het net leek alsof iemand die er als een soort bol op had gelijmd. Misschien heb ik hem daarom onthouden. En zijn ogen waren ook groot en rond, viel me toen op.'

'Ja, dat had deze man ook', zei Anne. 'Toen ik hem aankeek, kreeg ik meteen een raar gevoel. Hij had een soort dreigende blik in zijn ogen.'

Marloes knikte. 'Dat had ik bij die andere figuur ook. Al heb ik bij hem geen litteken gezien, maar hij stond daarvoor ook te ver weg, denk ik.' Ze aarzelde even, maar zei toen toch: 'De reden dat hij me opviel, was dat hij met Daniel praatte.'

Anne schrok. 'Hoe bedoel je?'

'Zoals ik het zeg: hij stond met Daniel te praten en het leek me niet echt een gezellig gesprek. Ik dacht dat ze onenigheid hadden, maar aan de andere kant: Spanjaarden kunnen soms zo verhit met elkaar praten dat het lijkt alsof ze elkaar willen aanvliegen, terwijl er niks aan de hand is. Bovendien gaf hij Daniel een of ander pakketje. Ik dacht eerst dat het geld was, maar dat moet dan wel veel geld zijn geweest. Het leek op een stapel papier of zoiets.'

Anne voelde het bloed uit haar gezicht wegtrekken. Haar handen beefden.

Marloes zag het en had duidelijk spijt van wat ze had gezegd. 'Hé,' zei ze opbeurend terwijl ze haar hand op die van haar vriendin legde, 'het stelt vast niks voor. Het is waarschijnlijk niet eens dezelfde figuur. Er zijn wel meer mensen met een vreemde neus. En ik heb ook geen litteken gezien, hè.'

Dat stelde haar voor geen meter gerust, maar toch knikte Anne. 'Ja', zei ze langzaam. 'Ja, dat zal wel. Deze man ging vast gewoon op visite ergens. En ik heb Daniel ook helemaal niet gehoord over een vervelend gesprek.'

'Die Spanjaarden zijn soms gewoon druktemakers', deed Suzan een duit in het zakje. 'Net als je denkt dat ze elkaar zullen aanvliegen, blijken ze de beste vrienden te zijn. Ik zag het vandaag nog in Barcelona.' Ze stak een verhaal af over een tafereel in de tapasbar. Anne luisterde maar met een half oor en ze had het idee dat dat ook voor Marloes gold. Maar het was fijn dat Suzan het onderwerp had veranderd. Anne moest haar zinnen verzetten, dan zou ze zich vast beter gaan voelen.

Ze keek op toen de ober de eerste gang van het diner kwam brengen. Ze voelde misselijkheid opkomen en wist al dat ze geen hap door haar keel zou kunnen krijgen.

'Moeten we met je meelopen?'

Anne schudde haar hoofd. 'Nee joh, nergens voor nodig. Het is hier vlakbij.'

'Zeker weten?' Suzan keek haar bezorgd aan. 'We doen het graag, hoor.'

'Welnee. Jullie moeten helemaal de andere kant op. Ik red me wel.'

'Oké.' Suzan omhelsde haar. 'Bel ons als er iets is.'

Anne omhelsde ook Marloes en beloofde het. 'Maar het is niet nodig', voegde ze eraan toe. 'Ik haal me van alles in mijn hoofd wat nergens op gebaseerd is. Dat gedoe op kantoor geeft me gewoon de zenuwen.'

'Heel begrijpelijk', zei Marloes. 'Hopelijk is het binnenkort voorbij.'

Anne knikte. 'Ja, dat hoop ik ook. Wat gaan jullie morgen doen?' veranderde ze van onderwerp.

'We hebben nog geen plannen', zei Suzan. 'We zien wel. Jij moet werken, toch?'

'Ja. Ik hoop dat ik een beetje vroeg klaar ben. Misschien kunnen we morgenavond iets leuks gaan doen?'

'Goed idee.' Daniel had een zakelijke afspraak en Anne voelde er weinig voor om een avond alleen thuis te zijn. Zo min mogelijk tijd om na te denken, daar had ze nu behoefte aan. 'We bellen nog wel even.'

Ze nam afscheid van haar vriendinnen en liep in de richting van haar huis. Het was stil op straat en ze zette flink de pas erin. Ze dwong zichzelf om niet om zich heen te kijken, maar bijna automatisch wierp ze af en toe een blik over haar schouder. Ze zag niemand.

Het verhaal van Marloes had haar veel meer doen schrikken dan ze wilde toegeven. Natuurlijk waren er genoeg mensen die voldeden aan de beschrijving die ze had gegeven. Maar het feit dat Marloes Daniel met net zo'n persoon had zien praten en het zelfs onthouden had omdat het er niet uitzag als een gezellig onderonsje, had haar een huivering opgeleverd. Daniel was juist heel rustig, ze had zelden meegemaakt dat hij zich echt ergens over opwond. Bovendien, hij had helemaal niks gezegd over een gesprek. Ja, dat hij de eigenaar van Club 24 had gesproken en een manager met wie hij veel te maken had gehad, maar Anne kende beide heren van gezicht en ze leken in de verste verte niet op het type dat in de lift had gestaan.

Ze schrok toen haar telefoon ging, het geluid klonk als een snerpend alarm door de nacht. Ze keek op het schermpje en schrok even.

'Jeroen?'

'Ja. Sorry dat ik zo laat bel. Ik bel je toch niet wakker?'

'Nee, ik ben net op weg naar huis. Ik had een etentje.' Anne fronste. Het was na elven. Was er nieuws over Henk?

'Nee, niks', antwoordde Jeroen snel toen ze die vraag stelde. Hij leek zich een beetje ongemakkelijk te voelen. 'Ik eh... Ik wilde gewoon even checken of het goed met je gaat. Ik bedoel, na vanochtend. Maar pas toen ik je belde realiseerde ik me dat het al laat is.'

'O. Oké.' Anne wist niet goed wat ze moest zeggen. 'Het gaat prima. Ik heb vandaag mijn gedachten wel wat kunnen verzetten.'

'Oké, gelukkig.'

'Hoe gaat het met jou?' vroeg Anne, omdat het stil bleef.

'Ja, prima.'

Hij leek zich herpakt te hebben en klonk weer als zijn zakelijke zelf. Toch hoorde ze nog bezorgdheid in zijn stem doorklinken toen hij zei: 'Ben je al thuis?'

Anne stak net de sleutel in de voordeur van het appartementencomplex. 'Ja, net.'

'Oké.' Hij schraapte zijn keel. 'Tot morgen. Sorry voor het late bellen.'

'Maakt niet uit, ik...' Anne fronste en keek naar haar telefoon. 'Dan niet', mompelde ze, toen ze vaststelde dat Jeroen had opgehangen.

Ze drukte op het knopje om de lift te roepen en keek een beetje nerveus om zich heen. Toen de lift kwam, stapte ze snel in en deed meteen de deuren dicht. Ze voelde haar hart bonken.

Doe normaal, sprak ze zichzelf in gedachten streng toe, maar het werkte niet echt. Ze hoorde het bloed in haar oren suizen en pas toen ze de deur van haar appartement stevig achter zich op slot had gedaan, werd ze iets rustiger. Ze zette haar tas in de gang en liep door de donkere huiskamer naar de balkondeuren, die ze openzette. Geluiden van de boulevard drongen naar binnen. Anne schopte haar schoenen uit en liep op blote voeten het balkon op. Met twee handen leunde ze op de reling. Het was laat en ze zou eigenlijk naar bed moeten gaan, maar ze had meer zin om nog even buiten te zitten. Nog steeds voelde ze zich opgefokt, van slapen zou het komende uur toch niet veel komen.

Ze liep naar de keuken en schonk zichzelf een glas wijn in. Daarmee ging ze op het balkon zitten. Ze dacht opnieuw aan de man in de lift. Misschien moest ze Daniel vragen met wie hij had gesproken die avond. Als hij het niet vertelde, kon ze altijd nog zeggen dat Marloes hem met iemand had zien praten en dat het er niet gezellig uitzag. Dan moest hij wel vertellen wie het was. Aan de andere kant, dan was het net alsof ze hem niet vertrouwde.

Ze staarde voor zich uit en liet die laatste gedachte door haar hoofd spelen. Vertrouwde ze hem eigenlijk? Inmiddels wist ze niks meer zeker, zelfs dat niet. Hij had niet gezegd dat hij die avond een pakketje had gekregen. Maar aan de andere kant, ze had het nauwelijks met hem over die avond gehad. En hij was daar voor zaken. Ze had hem zelf met die man zien praten, die zijn opdrachtgever moest zijn. Het gesprek ging duidelijk over werk. Een pakketje had ze niet gezien, maar dat bevatte waarschijnlijk iets wat te oninteressant voor woorden was. Daarom had Daniel het niet genoemd.

Anne nam een slok van haar wijn en liet het glas tegen haar lippen rusten. Ze sloot even haar ogen. Ze wilde het graag geloven, maar ze wist niet of dat wel kon. Er gebeurde veel waar ze helemaal geen weet van had, maar waarmee ze tegen haar zin wel werd geconfronteerd. Natuurlijk had alles rondom Costa Villas niks met Daniel te maken, maar toch zat het haar niet lekker. Wat wist ze eigenlijk van hem? Dat zijn ouders overleden waren en dat hij een eigen bedrijf had. Dat hij enig kind was en dat hij een peettante had die een paar honderd kilometer verderop woonde. Ze had de vrouw nooit ontmoet. Daniel had het niet veel over haar, ze wist eigenlijk niet eens precies wanneer hij haar voor het laatst had gezien. Over verdere familie wist ze niks. Anders dan andere Spanjaarden leek Daniel niet echt een hechte band met zijn familie te hebben. Anne was er altijd van uitgegaan dat de afstand tussen hem en zijn peettante de reden van de verwatering was, maar eigenlijk had ze er nooit naar gevraagd.

Er kwamen allerlei gedachten in haar op, die ze net zo hard weer naar de achtergrond duwde. Dat hij het bijna nooit over zijn peettante had, betekende niet dat er iets niet klopte. Hij had het ook niet bijster veel over zijn werk, maar dat betekende nog niet dat zijn hele bedrijf niet bestond. Het bestond wel degelijk en floreerde blijkbaar, want hoe zou hij anders aan al dat geld komen? Ja, hij had die erfenis gekregen, maar hij had ook weleens verteld dat het grootste deel daarvan was opgegaan aan de afbetaling van het huis en aan het startkapitaal van zijn bedrijf. Dat hij inmiddels goed verdiende met zijn eigen onderneming, maakte dat hij genoeg geld had om haar mee te nemen naar de beste restaurants en haar te overladen met dure cadeaus.

Ze slikte. Het was opnieuw een logische verklaring, maar was het ook waar? Als het pakketje dat Daniel die avond had gekregen nou eens helemaal geen papieren bevatte, maar, zoals Marloes had gesuggereerd, een flinke hoeveelheid contant geld. Het verklaarde in elk geval waarom hij daaraan nooit gebrek had. Maar wat was de herkomst ervan?

Bruusker dan ze van plan was zette ze haar wijnglas op tafel. De rosé gutste een beetje over de rand. Ze moest ophouden zich van alles in haar hoofd te halen. Wat ze nu allemaal verzon sloeg helemaal nergens op. Het was nog maar de vraag of Marloes het goed had gezien. Misschien was er wel helemaal geen pakketje, of ging het om iets wat Daniel had laten liggen toen hij in de club aan het werk was. En of de figuur met wie hij stond te praten wel dezelfde man als degene in de lift was, viel ook nog maar te bezien. Er waren honderden, zo niet duizenden mensen die aan de beschrijving voldeden. Het was die avond druk geweest in Club 24 en de kans was groot dat Marloes het verkeerd had onthouden. Ze was nog aangeschoten geweest ook, ze had zelf gezegd dat de cocktails er harder in hakten dan ze had verwacht.

Voor de zoveelste keer wenste Anne dat alles weer normaal zou worden. Dan zou de paranoia waaraan ze ineens leek te lijden vast ook snel weer verleden tijd zijn.

9

Anne keek op het schermpje van haar telefoon en glimlachte.

'Ook goedemorgen', zei ze toen ze opnam. Ze wierp een blik op de klok. Iets na tienen. Ze durfde te wedden dat Marloes net wakker was.

'Hai', klonk de stem van haar vriendin. 'Hoe is het?'

'Prima. Lekker geslapen?'

'Ja, heerlijk. Ik wilde even vragen of je gisteravond nog goed bent thuisgekomen.'

Anne schoot in de lach. 'Ja, prima. En zo niet, dan kom je lekker op tijd met je vraag, hè?'

Ze hoorde Marloes grinniken. 'O ja, dat slaat eigenlijk nergens op. Maar geen rare figuren meer gezien?'

'Nee, niemand.'

'Gelukkig maar. Wat ga je vandaag doen?'

'Wat dacht je van: werken? Ik ben al een uur aan de slag.'

'Da's waar ook. Als je op vakantie bent, vergeet je nogal makkelijk dat dit voor sommige mensen gewoon een werkdag is. Gelukkig is het vrijdag.'

'Ja, bijna weekend. We kunnen morgen wel wat leuks gaan doen. Er zijn allerlei mooie middeleeuwse stadjes in de omgeving. Prachtig om te zien en je kunt er bovendien heerlijk lunchen.'

'Goed idee.' Marloes zei nog iets, maar Annes aandacht werd afgeleid. Er stopten twee auto's voor de deur. Zwarte auto's zonder duidelijk kenmerk, maar omdat het twee voertuigen van precies hetzelfde merk waren, bekroop Anne een vreemd gevoel.

'Ik moet ophangen,' zei ze midden in een zin van Marloes. 'Ik bel je later.'

Uit de auto's waren inmiddels zes mannen en twee vrouwen gestapt, gekleed in exact dezelfde blauwe blouses en zwarte broeken. Ze liepen naar de deur. Anne ging staan en wist niet zo goed wat ze moest doen.

'Goedemorgen', zei de voorste man toen hij de deur opende. 'Fiscale recherche. We willen graag even rondkijken.'

Anne aarzelde. 'Ik weet niet... Ik moet mijn baas bellen.'

De man hield een papier omhoog. 'We hebben toestemming om rond te kijken.'

Anne had geen idee wat dat inhield. Toestemming van wie?

'Van de rechter', antwoordde de man toen ze die vraag stelde. 'Er is een aantal onrechtmatigheden aangetroffen in de aangiftes die Costa Villas de afgelopen jaren heeft gedaan. Onrechtmatigheden van dien aard, dat het geoorloofd is rond te kijken in dit kantoor.'

'O.' Anne wist niet zo goed wat ze moest zeggen. 'Vindt u het goed als ik toch even mijn baas bel? Hij moet dit natuurlijk wel weten.'

Ze wist eigenlijk niet eens waar Jeroen uithing. Misschien zat hij wel op het politiebureau. Jeroen had dagelijks een gesprek met de recherche. Hij hoopte dat de zaak hoger op de volle agenda van de recherche zou komen als hij elke dag zijn gezicht liet zien.

Het leek Anne sterk dat een zaak als deze weg zou zakken op die agenda, maar Jeroen leek weinig vertrouwen in de inzet van de politie te hebben. Misschien had hij wel gelijk, vooralsnog leken ze weinig progressie te hebben geboekt.

Ze pakte de telefoon en belde Jeroens nummer. Terwijl de telefoon overging, vroeg ze aan de man die de leiding leek te hebben: 'Heeft dit ook met de ontvoering van Henk Bleiswijk te maken?'

Hij keek haar aan. 'Waarom vraagt u dat?'

Anne gaf geen antwoord omdat Jeroen de telefoon opnam. 'Anne?'

'Ja. Waar ben je? Ik zit hier met de...'

'De fiscale recherche, zeker?' onderbrak hij haar.

Ze fronste. 'Wist jij hiervan?'

'Nee natuurlijk niet, maar ze zijn ook bij mij thuis. En in het huis van mijn vader.'

'Hè? Wat zoeken ze dan?'

'Weet ik veel', zei Jeroen. De irritatie in zijn stem was duidelijk. 'Ik mag hier nu niet weg. Je moet het in je eentje redden.'

Anne aarzelde. 'Ik weet niet zo goed wat ik moet doen.'

'Niks. Ze hebben het recht om alles te doorzoeken. Je kunt niks doen, behalve hopen dat ze er geen troep van maken.'

'Heeft dit met gisteren te maken?'

'Dat lijkt me sterk. Ik weet niet wat ze zoeken, maar laat ze hun gang maar gaan. Ik kom naar kantoor zodra ik hier weg kan.'

Anne zei gedag en hing op. Ze vroeg zich af of deze inval voor hem echt als een complete verrassing kwam. Al een hele tijd had ze het gevoel dat er iets niet in de haak was met de administratie van het bedrijf en dat het met belastingen te maken had. Maar wist Jeroen daar meer van?

Ze ging weer achter haar computer zitten en keek toe hoe het achttal kasten opentrok en mappen doorbladerde. Af en toe werden er papieren uitgehaald of werd een hele map in een plastic tas gedaan, die in een van de kartonnen dozen bij de deur werd gezet. Ze slikte. Het mocht Jeroen dan sterk lijken dat deze inval iets te maken had met gisteren, het kwam haar wel als veel te toevallig voor dat het kantoor de ene dag werd doorzocht door een stel inbrekers en nauwelijks vierentwintig uur later door een heel team van de fiscale recherche. Blijkbaar lag er hier, of op een andere plek die aan Costa Villas was gelinkt, iets wat iemand heel graag wilde hebben. Ze kon wel bedenken waarnaar de politie zocht: bewijs van fraude. Maar welke andere partij zou daar belang bij kunnen hebben? Of ging het die partij niet om het bewijs, maar om geld? Misschien lag het geld dat was verdiend door belastingontduiking wel gewoon ergens. Als Henk op de hoogte was van de verstopplek van het geld, verklaarde dat wel waarom hij was ontvoerd en waarom er geen losgeld voor hem was geëist, iets wat de politie nog steeds leek te verwachten. Maar de ontvoerders hoefden geen losgeld te eisen als hun gijzelaar zelf kon vertellen waar ze het konden vinden. Alleen was de verstopplek die Henk had genoemd, blijkbaar niet de plek waar het geld lag.

Dus het geld – mocht daar sprake van zijn – was nog ergens, en nu waren niet alleen de ontvoerders maar ook de leden van de fiscale recherche ernaar op zoek. Waarbij de ontvoerders een straatlengte voor lagen, omdat zij de belangrijkste bron van informatie in handen hadden. Hoewel, als Henk echt wist waar het geld zich bevond, zou het allang bij de ontvoerders zijn. Misschien had Jeroen het meegenomen en ergens anders verstopt. In dat geval was hij nu het belangrijkste doelwit. Dat idee bezorgde haar een rilling. Wat als Jeroen straks ook nog werd ontvoerd? Zouden ze dan uiteindelijk achter haar aan komen?

Ze huiverde. Stond dit allemaal minder ver van haar af dan ze had gedacht? Die gedachte maakte iets los waar ze helemaal niet over wilde nadenken. Ze wist niks over geld. Sterker nog, ze wist officieel niet eens of het wel bestond. Laat staan dat ze kon vertellen waar het was. Angst kroop traag door haar heen. Dat zouden Henks ontvoerders toch wel weten?

Anne keek toe hoe de rechercheurs nauwgezet door de mappen gingen die ze gisteren allemaal weer zorgvuldig in de kast had gezet. Ze vroeg zich af of ze moest melden dat de boel gisterochtend overhoop was gehaald. Ze aarzelde. Moest ze vertellen wat haar gedachten waren? Niet eens voor hun onderzoek, maar voor haar eigen veiligheid.

'Heeft jullie bezoek te maken met wat er gisteren is gebeurd?' vroeg ze uiteindelijk aan de man die de leiding had.

Hij wachtte even voor hij antwoord gaf. Toen schudde hij zijn hoofd. 'Nee, het staat er los van.

'Blijkbaar zijn jullie niet de enigen die hier iets zoeken.' Ze wist zelf niet precies wat ze met die opmerking bedoelde. Eigenlijk wilde ze vooral dat de politieman haar gerust zou stellen, haar zou vertellen dat wat ze had bedacht natuurlijk onzin was en dat het zo niet werkte in de criminele wereld.

Maar dat deed hij niet. Hij keek haar alleen maar aan, een beetje bevreemd. 'Nee,' zei hij toen, 'blijkbaar niet.'

Anne ging weer achter haar computer zitten. Ze kon beter haar mond houden, hier schoot ze ook niet veel mee op. Met een klik van de muis haalde ze de computer uit de slaapstand. Ze wilde haar mail openen, maar meteen stond er een vrouw achter haar.

'Deze computer valt binnen ons huiszoekingsbevel', zei ze vriendelijk, maar met een strenge ondertoon in haar stem. 'Ik moet u verzoeken om er niets mee te doen.'

'O. Sorry.' Anne trok haar hand terug en bleef een beetje besluiteloos zitten. Ze pakte haar mobiel uit haar tas en merkte dat de vrouw keek, maar niets zei. Ze opende haar privémail, maar er waren geen nieuwe berichten. Eigenlijk wist ze niet zo goed wat ze moest doen. Ze wierp een blik op de klok. Kwart over tien. Zou dit lang gaan duren?

'Dat weten we nooit', antwoordde de teamleider toen ze hem die vraag stelde. 'Het hangt ervan af hoe snel we overal doorheen kunnen gaan.'

'Kan ik iets doen? Ik bedoel: als ik weet wat jullie zoeken...' Ze maakte haar zin niet af toen ze de blik van de man zag. Ze sloeg haar ogen neer. Alsof ze haar dat zouden vertellen. 'Willen jullie koffie?' vroeg ze uiteindelijk.

Blijkbaar had het hele team orders om geen enkel aanbod te accepteren, want het werd collectief afgeslagen. Anne liep naar het keukentje en maakte alleen koffie voor zichzelf. Met haar beker in haar hand leunde ze tegen het aanrecht en keek naar de dichte deur, gebarricadeerd met een tafeltje. Ongetwijfeld zou de politie er zelf achter komen dat achter de deur nog veel meer administratie schuilging. Dan kon ze hen net zo goed meteen vertellen waar ze moesten zoeken, des te eerder zouden ze weggaan. Er kwamen gasten om twee uur vanmiddag en voor die tijd wilde ze hen weg hebben en moest het kantoor weer op orde zijn. Ze schoof het tafeltje aan de kant, opende de deur en liet de teamleider de ruimte erachter zien. Hij knikte. 'Bedankt.'

Het kleine keukentje werd ineens bevolkt door vier man. Anne voelde zich te veel en liep naar de kantoorruimte terug. Ze ging weer achter haar bureau zitten en voelde de blik van de vrouwelijke agente in haar rug priemen. Om iets te doen te hebben, pakte ze haar mobiel maar weer. Ze typte een sms'je naar Daniel, maar aarzelde voor ze op "verzenden" drukte. Jeroen wilde de huiszoeking waarschijnlijk liever niet aan de grote klok hangen en Daniel kende veel mensen in de omgeving. Als hij zijn mond voorbijpraatte, wist binnen no time iedereen het. Ze wiste het berichtje weer en bleef voor zich uit zitten staren. Gisteravond had ze Daniel niet meer gesproken, vandaag zou ze hem ook niet zien. Hij had het erg druk en eerlijk gezegd vond ze het niet zo erg dat ze pas dit weekend weer samen zouden zijn. Ze had tijd in haar eentje nodig, tijd om na te denken. Al had al dat gepieker haar tot nu toe niet meer opgeleverd dan een heleboel vragen waarop ze geen antwoord wist.

Ze keek op toen haar telefoon ging. Het was Marloes. Even sloot ze haar ogen, toen drukte ze de oproep weg. Ze wilde niks liever dan haar vriendinnen in vertrouwen nemen, maar ze wist niet of dat wel zo'n goed idee was. Ze wilde hen hier niet te veel in betrekken. Zolang ze niet wist uit welke richting de dreiging kwam, wist ze ook niet waar ze bang voor moest zijn. Straks betrok ze haar vriendinnen nog in iets wat voor hen gevaarlijk zou kunnen zijn. Misschien verkeerde ze wel zelf in gevaar, ze wist het niet. Maar ze zou het zichzelf niet kunnen vergeven als Marloes en Suzan hier ook nog eens in werden meegesleurd.

10

'Het is weer druk', zei Anne terwijl ze reikhalzend uitkeek naar een parkeerplekje. De smalle straatjes van Pala frugell stonden volgepakt met auto's en op het parkeerterrein vlak bij het centrum hoefde je het op dit tijdstip al helemaal niet te proberen.

'Daar gaat iemand weg', wees Daniel. En inderdaad, twintig meter verderop stapte net een bejaard echtpaar in hun auto. Het duurde even voor ze wegreden, maar toen parkeerde Daniel zijn auto soepel op de vrijgekomen plaats. Tevreden keek hij Anne aan. 'En nog dicht bij de markt ook.'

Ze knikte en maakte haar gordel los. Daarna stapte ze uit en pakte de rieten tas van de achterbank, die ze altijd gebruikte voor hun aankopen op de markt. Tot een paar weken geleden was dit haar favoriete moment van de week geweest. Het lekkerste vlees, de mooie kazen en wijnen, en de meest verse soorten groenten en fruit – de zondagse markt in het kleine stadje stond erom bekend. Maar vandaag ontbrak het vreugdegevoel. Plichtmatig legde ze haar hand in die van Daniel toen ze koers zetten naar de markt. Ze merkte dat hij haar onderzoekend aankeek en glimlachte, hopend dat hij niet merkte dat de lach haar ogen niet bereikte.

'Waar wil je eerst heen?' vroeg hij.

'De vleesmarkt?'

'Prima.'

Via een smal en uitgestorven straatje bereikten ze een steeg die al net zo verlaten was. Als je niet beter wist, zou je zeggen dat er vandaag helemaal niks te beleven was in Palafrugell. Maar zodra ze de steeg uitkwamen, bleek het stadje te bruisen van leven. Drommen mensen persten zich langs de vele marktkramen en kooplui prezen schreeuwend hun waar aan. Anne voelde haar hart bonken, ook al dwong ze zichzelf om rustig te blijven. Ze had nooit moeite gehad met grote menigten, maar nu keek ze nerveus om zich heen. Een man hield haar blik langer vast dan nodig en meteen voelde ze het zweet op haar rug prikken. Snel verschoof ze haar zonnebril van haar haar naar haar neus. Ze moest niet zo paranoia doen. Gisteravond had Suzan gezegd dat ze misschien moest proberen alle gebeurtenissen wat meer los te laten. Dat ze zichzelf van alles kon aanpraten omdat ze er zo op gefocust was. Anne had een beetje geïrriteerd gereageerd, ze had van haar vriendinnen wel wat meer steun verwacht. Maar later had ze nog eens over die opmerking nagedacht en misschien zat er wel iets in. Hoewel het haar grote moeite kostte in de mierenhoop van mensen die de zondagse markt bevolkte.

Daniel trok haar door de mensenmassa mee naar de overdekte vleesmarkt.

Daar was het iets rustiger en Anne haalde ongemerkt opgelucht adem. Ze keek om zich heen. Niemand leek in haar geïnteresseerd te zijn. Ze voelde haar hartslag weer normaal worden.

'Wat wil je eten?' vroeg Daniel, terwijl ze langs de diverse toonbanken dwaalden. Het assortiment was vaak gelijk, maar de prijzen konden behoorlijk variëren. Net als de kwaliteit.

'Beslis jij maar', zei ze.

Hij knikte en begon in rap Spaans met een van de slagers over een stuk rundvlees te praten. Anne volgde het gesprek nauwelijks. Ze keek naar Daniel en probeerde het vreemde gevoel kwijt te raken dat ze al had sinds Marloes had verteld over de avond in Club 24. Gisteravond had ze Daniel pas weer gezien en ze had omzichtig geprobeerd het gesprek op die avond te brengen, maar dat was niet gelukt. Hem er rechtstreeks naar vragen wilde ze niet. Ze kon er niet precies de vinger op leggen, maar op een of andere manier had ze het idee dat het beter was als hij niet wist waar ze mee bezig was. Ze had hem niet eens over de inval van de fiscale recherche verteld. Dat hij niets aan haar had gemerkt, verbaasde haar. Ze was afwezig en soms realiseerde ze zich pas na een paar minuten dat hij tegen haar praatte, maar hij leek zich er niet van bewust te zijn.

Daniel liet de slager een flink stuk van het rundvlees afsnijden en betaalde. Hij keek tevreden. 'Het is echt Rubia rund.'

Ze keek hem afwezig aan en gaf geen antwoord. Hij merkte het niet en liep naar de volgende toonbank, waar hij in het Spaans een paar plakken Ibericoham bestelde. Anne volgde hem en wachtte tot hij klaar was. Ze overhandigde hem de koeltas die ze in haar hand had en hij liet zijn aankopen erin glijden. Die tas namen ze altijd mee naar de markt, sinds één keer een nogal duur stuk vlees bij thuiskomst al helemaal bruin bleek te zijn. In de warmte ging dat snel en dat ze vaak eerst het vlees kochten en daarna pas de rest – omdat Daniel van mening was dat een maaltijd rondom het vlees moest worden samengesteld – hielp ook niet echt.

Ze liepen weer naar buiten. Hoewel het nog tien uur moest worden, scheen de zon al behoorlijk fel. Anne verlangde naar een koffie verkeerd en een glas water op een terrasje. Gelukkig leek ook Daniel weinig zin te hebben lang over de markt te struinen en nadat hij bij een paar kramen was blijven staan om wat groenten en fruit in te slaan, stelde hij voor om naar het grote plein te lopen.

Het kostte wat moeite om een tafeltje te vinden, maar uiteindelijk namen ze plaats onder een van de parasols. Daniel bestelde een espresso en een café con leche en leunde ontspannen achterover. 'Heerlijke dag, vind je niet?'

Anne knikte. 'Ja. Heel fijn.'

Daniel keek haar onderzoekend aan. 'Is er iets?'

'Nee', zei ze haastig. 'Niks. Hoe ga je dat vlees bereiden?'

Gelukkig liet Daniel zich afleiden en hij vertelde uitgebreid over zijn culinaire plannen. Anne monsterde hem van achter haar zonnebril. Hij gedroeg zich precies zoals anders. Hij was enthousiast en vrolijk en babbelde zorgeloos over een recept dat hij op internet had gelezen en dat hij wilde uitproberen. Anne ontspande zich een beetje. Hoe langer ze in zijn buurt was, hoe onwaarschijnlijker het haar leek dat hij iets te verbergen had. Hij was lief en attent en genoot duidelijk van hun vrije dag. Als er echt iets speelde, zou ze dat toch aan hem moeten merken?

Ze realiseerde zich pas dat Daniel een vraag had gesteld toen het stil was en hij haar afwachtend aankeek. Ze had geen idee waar het over ging en knikte een beetje.

'Mooi zo', zei Daniel, blijkbaar tevreden met dit antwoord. 'Dan ga ik dat doen.'

'Oké.' Ze hoopte maar dat het over het eten ging en dat hij niet had gemerkt dat ze totaal niet had geluisterd. Gelukkig werd de koffie gebracht en was Daniels aandacht afgeleid.

Anne leunde achterover en voelde hoe een zonnestraal onder de parasol door kwam en haar rug verwarmde. Ze wierp een blik opzij en zag hoe een man zich een weg baande over het volle terras. Net toen haar hart weer begon te pompen, boog hij af naar links en verdween in de mensenmassa. Ze sloot even haar ogen. Suzan had gelijk, ze was veel te gefocust, daar moest ze aan werken. Ze richtte haar aandacht op Daniel en nam zich voor van deze dag te genieten.

'Zullen we naar het strand?' vroeg Anne, terwijl ze zich loom uitstrekte op de ligstoel op haar balkon. Ze probeerde een boek te lezen, maar haar ogen bleven dicht zakken.

Daniel lag naast haar met zijn zwembroek aan en nam net de laatste slok van zijn biertje. 'Oké. Misschien hebben je vriendinnen zin om mee te gaan?'

Anne pakte haar telefoon. 'Ik bel wel even.'

Op hetzelfde moment begon Daniels telefoon een melodietje te spelen. Anne keek op. Gek genoeg realiseerde ze zich nu pas dat Daniel eigenlijk zelden in het weekend werd gebeld. Ze trok haar wenkbrauwen op. Hij keek op het schermpje en kwam overeind. Anne keek toe hoe hij naar binnen liep voor hij opnam.

Ze bleef met haar telefoon in haar hand zitten, zonder Marloes of Suzan te bellen. Met gespitste oren probeerde ze iets van het gesprek op te vangen, maar Daniel was te ver weg. Nog geen twee minuten later kwam hij weer naar buiten. Hij had een shirt en broek aangetrokken en liep op zijn slippers. Met een verontschuldigend gebaar hield hij zijn telefoon omhoog. 'Er zijn problemen bij een opdrachtgever. Ik moet naar kantoor.'

Anne keek verbaasd. Dit was nog nooit gebeurd. 'Hoe bedoel je?'

'Een van de servers van een opdrachtgever geeft storing. Ik moet op kantoor inloggen om het probleem op te lossen.'

'Daar heb je toch een storingsdienst voor?'

'Het probleem is te ingewikkeld.' Daniel leunde voorover en drukte een kus op haar lippen. 'Het spijt me, liefje. Als ik niet op tijd terug ben voor het eten, houd je dat lekkere recept tegoed van me. Maar ik doe mijn best.'

Zonder Anne nog de kans te geven iets te zeggen liep hij weg. Ze hoorde de voordeur achter hem dichtvallen. Meteen schoot Anne overeind. Er was iets aan de hand en ze had het gevoel dat dit niet alleen met servers te maken had. Ze holde naar binnen, gooide de deur achter zich dicht en trok snel haar jurkje over haar bikini aan. Daarna griste ze haar tas mee, checkte al lopend of haar autosleutels erin zaten en trok de voordeur open. Het portaal was verlaten, wat betekende dat Daniel al in de lift was. Ze aarzelde even en liep toen naar het trappenhuis. De deur kraakte een beetje toen ze die opentrok. Niemand maakte ooit gebruik van de trap. Het rook een beetje muf.

Het geluid van haar teenslippers kaatste tegen de muren en drong hard haar oren binnen toen ze naar beneden holde. Halverwege bleef ze een paar seconden staan om op adem te komen, maar veel tijd gunde ze zichzelf niet. Ze zette de pas er weer in en bereikte de deur op de begane grond. Even aarzelde ze. Daniel zou al buiten moeten zijn, maar toch bleef ze een paar seconden staan luisteren. Ze hoorde niks. Voorzichtig deed ze de deur open. Als hij er nog stond, kon ze altijd zeggen dat ze dacht dat hij zijn sleutels was vergeten. Een onzinsmoes, maar hij zou er vast intrappen.

Ze stak haar hoofd om de hoek en keek rond. Het halportaal was verlaten. Snel glipte ze naar binnen. Ze zag nog net hoe Daniel in zijn zilvergrijze sportauto stapte, die pal voor de deur geparkeerd stond. Net toen hij de motor startte en vrijwel meteen gas gaf, liep ze zelf naar buiten. Haar eigen wagen stond iets verderop in de straat en ze liep er op een drafje naartoe. Ze stapte in en gunde zichzelf nauwelijks tijd om haar gordel vast te maken. Ze moest Daniel volgen op zo'n afstand, dat ze precies kon zien waar hij heen ging, maar dat hij haar niet in het oog kreeg. Gelukkig had ze een weinig opvallende auto. Ook al was hij rood, haar Opel was bepaald geen blikvanger tussen al die andere auto's van hetzelfde model met dezelfde kleur. De paar keer dat ze met haar sleutel bij de verkeerde auto had gestaan, zich afvragend waarom het ding in vredesnaam niet openging, beschouwde ze nu als een zegen.

Ze reed weg en zag nog net Daniels BMW rechtsaf slaan. Ze had vaak genoeg in die auto gezeten om te weten hoe snel die optrok en ze gaf flink gas om hem niet meteen al uit het oog te verliezen. Toen ze rechtsaf ging, hield ze even in. Ze zag Daniels auto aan het einde van het korte straatje voor het stoplicht staan. Gelukkig zaten er drie auto's tussen. Ze sloot aan in de rij en zakte instinctief iets omlaag, ook al kon hij haar of haar auto met geen mogelijkheid via de binnenspiegel zien. Zijn auto was een laag model. Hij had weleens uitgelegd dat alle sportwagens laag waren, omdat ze daardoor beter op de weg lagen en harder konden. Anne hield haar blik op het verkeerslicht gericht. Zodra het op groen zou springen, zou Daniel met flinke vaart optrekken. Als hij daadwerkelijk naar zijn kantoor ging, moest hij hier linksaf. Ze kon niet zien of hij richting aangaf.

Ze concentreerde zich toen het verkeerslicht op groen sprong. De zilvergrijze wagen trok inderdaad behoorlijk hard op en sloeg rechtsaf. Anne voelde haar hart overslaan. Ze greep het stuur extra stevig vast.

Twee auto's sloegen ook rechtsaf, dus ze had nog steeds een veilige afstand tot Daniel. Het was druk op de weg en een paar keer moest ze flink gas geven om een stoplicht te halen. Ze concentreerde zich toen ze een rotonde naderden. Op het laatste moment wisselde Daniel van rijstrook, zodat hij de rotonde driekwart rond kon rijden. Anne trapte de rem en volgde zijn voorbeeld. Het leverde nijdig getoeter van de automobilist achter haar op. Ze kromp een beetje ineen. Als Daniel het maar niet merkte. Gelukkig zat er nog altijd één auto tussen hen, maar als hij met een beetje aandacht in zijn spiegels keek, kon hij haar auto makkelijk ontwaren. Ze hoopte maar dat hij de muziek aan had, zoals gewoonlijk, waardoor de claxon hem niet was opgevallen.

Anne hield haar snelheid even in toen ze de rotonde op reed. Een andere automobilist schoot ertussen en volgde gelukkig dezelfde weg als Daniel. Nu zat ze weer achter hem met twee auto's afstand. Hij reed een tijdje rechtdoor, in de richting van de snelweg. Net toen Anne dacht dat hij daarnaar op weg was, nam hij een afslag. Ze trok haar wenkbrauwen op en gaf ook richting aan naar rechts. De twee auto's tussen hen gingen beide rechtdoor en Anne remde om te voorkomen dat ze te dicht achter Daniel zou komen te rijden. Net na de afslag bleef ze even stilstaan tot hij opnieuw een bocht nam en ze hem niet meer zag. Ze gaf gas en op haar hoede sloeg ze ook linksaf.

Haar hart bonkte nu zo hard dat het bloed in haar ogen suisde. Wat als hij haar zou zien? Ze kon geen enkele goede smoes bedenken waarom ze hier was. Ze vocht tegen de neiging om om te keren, naar huis te gaan en te doen alsof ze hier nooit was geweest. Ze kon niet anders dan doorrijden. Hij loog tegen haar en ze moest weten waarom.

Had hij een ander? Ze slikte en probeerde haar opkomende boosheid en verdriet de baas te worden. Misschien was er wel een logische verklaring, een werkopdracht die zo geheim was dat hij er zelfs niet met haar over kon praten. Als hij een affaire had, zou hij toch niet zo opzichtig de deur uitgaan?

Ze kneep zo hard in het stuur dat haar knokkels wit waren. Daniel reed een meter of vijftig voor haar, er zat nu één auto tussen hen. Zou hij op zijn hoede zijn? Hij leek in elk geval geen haast te hebben. Ze remde een beetje af en liet een auto voorgaan die uit een zijstraat kwam en geen voorrang had. Even keek ze om zich heen. Ze was nog nooit in deze buurt geweest. Aan de ene kant van de straat stonden appartementencomplexen die er verouderd uitzagen. Het houtwerk kon wel een nieuwe laag verf gebruiken en de struiken rondom de complexen – wat de makelaar waarschijnlijk als de 'parkachtige tuin' had verkocht – moesten nodig gesnoeid worden. Aan de andere kant van de straat zag ze vooral laagbouw. Een paar vrijstaande woningen en hier en daar een rijtje van meerdere huizen, van de straat afgeschermd door een lage muur. Nergens was een bedrijf te zien, dit was duidelijk alleen een woonwijk. Kon het zijn dat een van Daniels klanten hier woonde? Hij had gezegd dat hij naar kantoor ging, maar misschien was hij onderweg gebeld. Wilde de klant liever thuis afspreken. Ze knikte bij zichzelf. Het was een verklaring.

Plotseling stuurde Daniel de BMW een vrij parkeervak in. Anne stond meteen boven op de rem. De auto voor haar reed door en haalde Daniel in. Ze keek snel om zich heen, op zoek naar een vrije parkeerplaats. Een paar meter achter haar was een vak. Vlug zette ze de Corsa in z'n achteruit en draaide het vak in. Haar hart hamerde. Ze keek toe hoe Daniel uitstapte en dook een beetje weg. Had hij haar gezien? Was dat de reden dat hij de auto stilzette? Ze slikte. Zweet prikte op haar rug.

Even bleef Daniel naast de auto staan. Hij keek om zich heen. Anne had het idee dat hij zijn blik precies op haar auto richtte en zakte nu helemaal onderuit in haar stoel. Ze hoorde het bloed in haar oren suizen. Even sloot ze haar ogen. Ze moest een verhaal paraat hebben, maar ze kon niks bedenken.

Toen ze weer opkeek, stak Daniel de straat over. Even haalde ze opgelucht adem. Hij kwam niet naar haar toe. Ze ging iets meer rechtop zitten en volgde hem met haar blik. Terwijl hij naar een van de appartementencomplexen liep, haalde hij zijn telefoon uit zijn zak. Even bleef hij staan, blijkbaar om een nummer op te zoeken, toen liep hij verder met de telefoon aan zijn oor. Anne draaide het raam van de auto een klein stukje open, voor het eerst blij dat ze geen elektronische bediening had. Een golf warme lucht kwam naar binnen. Ze spitste haar oren, maar Daniel was natuurlijk veel te ver weg om iets van het gesprek te kunnen opvangen.

Ze keek toe hoe hij het gesprek beëindigde en doelgericht naar de voordeur begon te lopen. Hij ging het portaal binnen. Toen de deur achter hem dichtviel, kneep Anne haar ogen tot spleetjes om nog iets te kunnen opvangen van wat er achter het glas gebeurde. Ze zag alleen nog de omtrekken van zijn figuur. Een paar seconden, toen was hij verdwenen.

Ze slikte en haalde diep adem. Nu pas merkte ze hoe verkrampt ze was. Ze rechtte haar rug en kreunde een beetje door de pijn die dat opleverde. Ze probeerde voor zichzelf op een rijtje te zetten wat ze nu moest doen. Daniel bellen met een smoes en vragen waar hij was? Ze liet die optie door haar hoofd gaan, maar verwierp hem weer. Het was doorzichtig en bovendien was ze bang dat ze zich zou verspreken. Ze kon naar huis gaan en wachten tot hij terugkwam, maar ze wist nu al dat ze niet normaal zou kunnen doen. Hij zou meteen doorhebben dat er iets aan de hand was. Ze liet de mogelijkheid om hem te confronteren met wat ze wist door haar gedachten gaan. Heel licht schudde ze haar hoofd. Ze wist niet eens precies waarom, maar het leek haar geen goed idee.

Besluiteloos bleef ze zitten. Misschien moest ze hier wachten tot hij weer naar buiten kwam. Dat leek haar voorlopig het beste. Niet dat ze wist wat ze daarna moest doen, maar misschien diende het antwoord zich vanzelf aan. Even overwoog ze om Marloes of Suzan te bellen, maar net zo snel verwierp ze die mogelijkheid weer. Ze wist al wat ze zouden zeggen. Op een of andere manier had ze het idee dat haar vriendinnen niet zo gecharmeerd waren van Daniel. Ze wist niet waarom. Hij had de eerste avond heerlijk gekookt, was charmant en gezellig geweest en had echt zijn best gedaan. En ook daarna had hij zich uitgesloofd het haar vriendinnen naar de zin te maken. Ze had het idee dat Marloes en Suzan zich uitstekend hadden vermaakt in Club 24, maar toch had ze daarna een zekere gereserveerdheid bij hen gemerkt als het op Daniel aankwam. Had het te maken met die figuur waarmee Marloes hem die avond had zien praten? Dat leek haar sterk. Marloes kon niet weten wie die man was. En uiteindelijk hoefde het helemaal niet dezelfde man te zijn als degene die ze in de lift was tegengekomen.

Ze sloot even haar ogen. Plotseling kwam de hele situatie haar volkomen onwerkelijk voor. Ze zat hier op klaarlichte dag in een wijk waar ze niks te zoeken had voor een appartementencomplex waar ze niemand kende te wachten tot haar vriend weer naar buiten kwam. Haar vriend, die waarschijnlijk onderweg een telefoontje had gehad dat hij niet naar kantoor maar naar een andere plek moest komen en die nu ongetwijfeld gewoon aan het werk was. En die een paar dagen geleden een gesprek had gevoerd en misschien iets had aangepakt van iemand, die in het halfdonker een beetje had geleken op een man met wie ze in de lift had gestaan en die hoogstwaarschijnlijk op bezoek ging bij iemand op een heel andere verdieping dan waar zij woonde. Anne wist niet of ze moest lachen of huilen om het absurde van de situatie. Was ze bezig volledig door te draaien?

Ze stak haar hand uit naar het contactsleuteltje en aarzelde even. Was het niet het beste om gewoon naar huis te gaan? Misschien kon ze Marloes en Suzan bellen en voorstellen naar het strand te gaan. Het was nog niet zo laat, ze konden ook naar Barcelona rijden en een leuke dag hebben. Bij thuiskomst zou Daniel vast op haar wachten met een volkomen logische verklaring voor de verandering in zijn plannen. Ze draaide het sleuteltje om. Afleiding, dat had ze nodig.

Net toen de motor een beetje hoestend tot leven kwam, ging de deur van het appartementencomplex weer open. Er kwam iemand naar buiten. Anne keek op en voelde haar hart een paar keer overslaan, nog voor het besef goed en wel doordrong. Meteen draaide ze de sleutel weer om en bleef als versteend zitten. Daarna begon ze over haar hele lichaam te trillen. Paniekerig keek ze om zich heen. Ze pakte de sleutel weer vast, maar liet die net zo snel los. Angst spoelde als een golf door haar heen. Het was hem. Geen twijfel mogelijk.

Ze schoof onderuit en hield haar blik strak op hem gericht. In haar hoofd gingen alle alarmbellen af. Ze probeerde de paniek die als een tornado door haar heen raasde de baas te worden. Dit was geen toeval. Ze keek opnieuw. De man bleef voor de deur staan en stak een sigaret op. Hij keek om zich heen. Even bleef zijn blik op haar auto rusten. Annes adem stokte. Toen draaide hij zijn hoofd om.

Ze liet haar adem ontsnappen. Het moment in de lift kwam terug. De manier waarop hij naar haar keek, het vreemde gevoel dat ze had gekregen. Haar intuïtie had haar helemaal niet bedrogen. Ze dacht aan Daniel die zijn armen om haar heen had geslagen en haar had aangehoord toen ze over het voorval vertelde. Hij had gezegd dat ze het zich had verbeeld. Dat ze vast te veel aan haar hoofd had. Dat het gedoe op kantoor haar niet in haar koude kleren was gaan zitten. Had hij geweten dat die vent daar was? Waarom was hij eigenlijk midden op de dag thuis geweest? Een afgezegde afspraak, had hij gezegd. Ze wist niet meer wat. Een of andere USB-stick. Geen seconde had ze toen aan zijn uitleg getwijfeld, maar nu wist ze niks meer zeker. Was die man naar hem op weg geweest? In haar huis? Het was niet de bedoeling dat ze zo vroeg thuis was gekomen. Was ze net op tijd geweest? Of eigenlijk: te vroeg? Ze schudde haar hoofd. Wat als ze vijf minuten later was geweest?

Ze hield haar blik strak op de man gericht. Hij gooide zijn sigaret neer en trapte die uit. Daarna bleef hij staan, rustig om zich heen kijkend. Alsof hij op iets of iemand stond te wachten. Anne liet haar blik over de woontoren glijden. Er was niemand te zien, alle balkons waren leeg. Ook de straat was uitgestorven. Ze schrok toen de deur opnieuw open ging en Daniel naar buiten kwam. Hij had iets in zijn hand. Het leek op een envelop of een stuk papier. Ze kneep haar ogen samen, maar uit niks was op te maken dat Daniel en de man elkaar kenden. Hij liep langs hem heen zonder hem een blik waardig te keuren. Ze probeerde iets aan zijn houding af te lezen, maar Daniel leek volkomen relaxed. Ze ving een glimp op van zijn gezicht toen hij naar zijn auto liep. Ontspannen en vrolijk, precies zoals ze hem kende. Zonder om zich heen te kijken stapte hij in en nog geen minuut later reed hij weg.

Anne startte de motor. Ze keek naar de woontoren. De man was verdwenen.

Pas toen ze de sleutel in het slot hoorde, besefte Anne dat ze de reling van het balkon had omklemd. Ze liet los en strekte haar pijnlijke vingers. Ook haar schouders voelden gespannen. Haar hart begon alweer te bonken. Ze haalde diep adem om haar kalmte te hervinden, maar het hielp niet.

'Hai schat', zei Daniel in het Spaans. Hij liep door de woonkamer naar haar toe en kuste haar. Stroef beantwoordde ze zijn zoen. Hij leek het niet te merken. 'Hoe is het? Sorry dat ik weg moest. Maar ik ben wel op tijd terug om lekker voor je te koken.'

Anne keek op de klok. Iets na halfacht. Daniel was ruim vijf uur weggeweest. Nadat ze hem had zien vertrekken nog vier uur. Ze had even getwijfeld of ze hem nog zou volgen, maar had het uiteindelijk niet gedaan. Ze wist niet precies waarom. Misschien omdat hij de man bij de deur geen blik waardig had gekeurd. Het kon toeval zijn. Ergens in haar achterhoofd zei een stemmetje dat ze het misschien niet goed had gezien. De afstand was groot geweest. En hoe goed was haar geheugen?

'Hoe was het?' vroeg Anne, terwijl Daniel naar de keuken liep en de koelkast opentrok. Ze volgde hem.

'Goed.' Hij pakte een biertje en hield een fles rosé in de lucht. 'Wil je?'

Ze schudde haar hoofd. 'Ik neem cola.'

Hij fronste en keek haar onderzoekend aan. 'Is er iets?'

Anne slikte. 'Nee. Niks.' Ze draaide zich om en pakte een glas uit de kast. Ze kon beter wel wijn nemen. Niet anders doen dan anders. 'Doe mij toch maar een glas.'

Ze had het gevoel dat het van haar voorhoofd af te lezen was, maar Daniel leek niks te merken. Hij zocht in de keukenla naar een opener en neuriede een melodietje. Toen hij een kurkentrekker had gevonden, maakte hij de wijnfles open. Daarna wipte hij de dop van zijn bierflesje. 'Ga je mee?'

Anne knikte en liep achter hem aan naar buiten. Daniel ging aan de tafel zitten. Anne nam stijfjes tegenover hem plaats. Ze draaide haar glas rond aan de steel. Eigenlijk wilde ze niet drinken, ze wilde scherp blijven. Maar het zou opvallen als ze geen wijn nam. Ze nam een klein slokje en zette haar glas weer neer.

Daniel knipperde tegen de laatste stralen van de laagstaande zon. 'Wat heb je vanmiddag gedaan? Ben je nog met je vriendinnen naar het strand geweest?'

Ze schudde haar hoofd. 'Nee. Ze konden niet', verzon ze snel.

'O, jammer. Wat heb je dan gedaan?'

'Niet zoveel.' Ze wendde haar blik af. 'Hoe was het op kantoor?'

Hij knikte. 'Ja, het probleem is opgelost.'

'Ben je alleen op kantoor geweest?' Ze nam een slok terwijl ze hem aankeek, zodat het glas de ontmoeting van hun blikken doorkruiste. Daniel keek haar onderzoekend aan. Of was hij op zijn hoede? Ze probeerde hem te peilen. Hij aarzelde een beetje. Ze hield haar adem in.

'Nee', zei hij uiteindelijk. 'Ik ben ook nog even bij de klant geweest.'

Anne liet de lucht uit haar longen ontsnappen. 'O, echt?' vroeg ze. Ze hoorde zelf hoe haar stem trilde.

'Ja. Iets ophalen.' Daniel nam een flinke slok en zette het bierflesje op tafel. 'Maar laten we het niet over werk hebben.'

Anne schudde haar hoofd en hoopte dat haar gloeiende wangen Daniel niet zouden opvallen. Ze wilde even alleen zijn, alles op een rijtje zetten. Hij had niet gelogen, dat was een opluchting. Maar dat nam niet weg dat de man er was geweest. Of toch niet? Ze werd duizelig van al die vragen. De wijn die ze net had gedronken, brandde in haar keel. Ze probeerde haar blik op Daniel te fixeren. Hij vertelde iets, ze had geen idee waar hij het over had. Ze was bang dat hij iets aan haar zou merken. Ze moest haar kalmte hervinden, maar dat ging niet.

'Ik heb best honger', zei ze, hem midden in een zin onderbrekend. 'Zullen we zo gaan eten?'

Hij keek verbaasd op zijn horloge. 'Nu al?' Als Spanjaard was hij gewend in het weekend niet voor tienen aan tafel te gaan.

Anne knikte. 'Ja. Sorry. Ik ben vanmiddag vergeten te eten.'

'Ik maak wel wat hapjes.' Daniel stond op en pakte zijn biertje. Hij liep om de tafel heen en gaf haar een kus. 'Zo terug', beloofde hij.

Zodra hij naar binnen was gegaan, haalde Anne een paar keer diep adem. Ze voelde zich kalmer worden. Haar vermogen tot logisch nadenken kwam terug. Haar brein had een loopje met haar genomen, dat kon niet anders. Ze draafde veel te ver door. Daniel had niets, maar dan ook helemaal niets, te maken met Costa Villas. Hij zat niet in dezelfde branche, ook niet zijdelings. Hij kende Henk, hij mocht hem graag, maar daar hield elke connectie op. Ze moest ophouden met haar paranoïde gedrag. Hem achtervolgen, ze leek wel gek.

Ze keek naar haar telefoon op tafel. Ze wilde iemand bellen, vooral om te horen dat ze normaal moest doen. Ze wilde van het onbestemde gevoel af, dat maar in haar buik bleef zitten. Ze wilde dat het weer normaal werd, voordat dit haar meer kostte dan haar lief was. Haar relatie, bijvoorbeeld.

11

'Ik lijk wel gek.'

'Nou, inderdaad ja.' Marloes streek haar haar naar achteren en schoof haar zonnebril erin. 'Sherlock Holmes.'

Haar blik ontmoette die van Anne en tegelijkertijd schoten ze in de lach. 'Je vriend achtervolgen', grinnikte Marloes. 'Als jullie ooit gaan trouwen, maken we dit op je bruiloft bekend.'

'Als je dat maar laat.' Anne nam een slok van haar koffie en trok een vies gezicht. 'Bah, deze is koud.'

Ze stond op en liep naar het keukentje om nieuwe te pakken. 'Jij ook nog?' riep ze tegen Marloes.

'Lekker.'

Even later keerde Anne terug met twee bekers. 'Leuk dat je langskomt.' Het was maandagmorgen, niet de drukste dag bij Costa Villas. Er stond vandaag eigenlijk alleen een exitcontrole op het programma en ze moest een manier bedenken om de huizen die voor de komende tijd nog niet geboekt waren, toch verhuurd te krijgen. Maar dat kon wel even wachten.

Marloes trok een gezicht. 'Het is dit, of met Suzan op jacht naar precies dat hoesje voor haar telefoon dat ze in Barcelona heeft gezien maar toen niet heeft gekocht, en waar ze nu spijt van heeft. Nou, dat mag ze lekker alleen gaan zoeken.'

Anne lachte. 'Ja, ze kan behoorlijk vasthoudend zijn.'

'Zeg dat wel.' Marloes keek haar onderzoekend aan. 'Trek je het nog een beetje?'

'Ja hoor', zei Anne vele malen luchtiger dan ze zich voelde. Ze roerde in haar koffie. 'Ik hoop gewoon dat dit allemaal snel achter de rug is.'

'Nog geen nieuws over Henk, neem ik aan?'

Anne schudde haar hoofd. 'Ik heb vanochtend nog met de politie gebeld. Ze zeggen dat ze met tien man aan het onderzoek werken, maar er komt echt niks uit. Volgens mij hebben ze geen flauw idee.'

Marloes keek haar peizend aan. 'Denk je dat die vent er iets mee te maken heeft?'

Anne hoefde niet te vragen wie ze bedoelde. Ze keek weifelend. 'Ik pieker me suf, maar ik kan niet bedenken hoe. Als er al iets met hem aan de hand is, heeft het met Daniel te maken en niet met Henk.'

Marloes knikte. 'Ja, daar heb je gelijk in.' Ze zette haar kopje op Annes bureau. 'Ik weet zeker dat de politie doet wat ze kan. En dat het tot resultaat zal leiden.'

Anne knikte, al was ze daarvan helemaal niet zo overtuigd.

'En tot die tijd moet je proberen wat afstand te nemen', ging Marloes door. 'Misschien trek je het je allemaal iets te veel aan. Dat gedoe van gisteren heeft daar vast ook mee te maken. Kun je niet een weekje vrij nemen? Je hebt de laatste tijd nogal wat meegemaakt. Je baas begrijpt vast wel dat je even wat tijd voor jezelf nodig hebt om dat te verwerken.'

Anne schudde haar hoofd. 'Ik kan geen vrij nemen. Het is hoogseizoen en ik kan moeilijk van Jeroen verlangen dat hij nu ook de verhuur op zich gaat nemen. Ik red het wel', voegde ze eraan toe. 'Heus.'

Marloes wierp haar nog een onderzoekende blik toe en knikte toen. 'Oké, als je maar goed voor jezelf zorgt. Het is je werk, hè. Belangrijk, maar niet zo belangrijk als je eigen welzijn.'

'Zegt degene die normaal gesproken tachtig uur in één week maakt.'

'Mijn baas is een heks.'

Anne wilde iets over Jeroen zeggen, maar hield haar mond maar.

Marloes nam de laatste slok van haar koffie en stond op. 'Ik geloof dat ik Suzan maar weer eens ga opsnorren om te kijken of ik haar ervan kan overtuigen dat er nog tig andere, minstens zo leuke telefoonhoesjes te koop zijn. Dan kan jij weer aan de slag.'

Anne knikte. 'Zal ik bellen als ik hier klaar ben? Het lijkt me leuk om vanavond samen te eten. Nog maar vier dagen en dan gaan jullie alweer naar huis.' Ze keek Marloes aan. 'Het spijt me als het door mij niet helemaal de vakantie is die jullie voor ogen hadden.'

Ze merkte heel goed de lichte aarzeling voor Marloes zei: 'Nee joh, daar kun jij toch niks aan doen. Bel maar als je hier klaar bent, dan spreken we af voor vanavond.'

Toen haar vriendin het kantoor had verlaten, liet Anne zich langzaam op haar bureaustoel zakken. Ze voelde haarfijn aan dat Marloes' laatste reactie een beetje gekunsteld was geweest. En ergens begreep ze het zelfs wel. Als iemand haar had verteld dat ze haar eigen vriend had achtervolgd, zou ze diegene vast voor gek verklaren. Ze schudde haar haar naar achter en bond het vast in een staartje. Vanavond zou ze het eens niet over zichzelf of alle toestanden rondom Costa Villas hebben. Marloes en Suzan hadden vakantie en daar moesten ze van kunnen genieten zonder al haar werkproblemen. Ze wilde hen er niet in meeslepen.

Ze keek op de klok. Iets voor halfelf. Als ze nu snel die exit-controle deed was ze voor de middag terug. De gasten waren voor dag en dauw vertrokken, dus de check-outtijd van twaalf uur hoefde ze niet af te wachten. Ze pakte haar tas, sloot de deur goed af en liep naar haar auto.

Het betreffende huis was een mooie villa net buiten de stad. Ze kende de weg uit haar hoofd, ze was er al tientallen keren geweest. De villa was praktisch het hele seizoen verhuurd. Ook morgen zouden er weer nieuwe gasten aankomen. Anne streefde ernaar een exit-controle te doen voor de schoonmakers aan de slag gingen. Op die manier kon ze zien in welke staat het huis was achtergelaten en was het makkelijker om in te schatten of ze de complete borgsom kon terugbetalen. Meestal was dat wel het geval. Het verbaasde haar weleens hoe netjes sommige huizen werden achtergelaten. Ook al betaalde een gast honderd euro voor de eindschoonmaak, het gebeurde regelmatig dat Anne merkte dat de badkamer of keuken nog even was gesopt voor de gasten het huis hadden verlaten. Als ze eraan dacht, maakte ze er altijd een opmerking over in een mail. Ze had gemerkt dat dat gewaardeerd werd.

Helaas kwam het omgekeerde ook voor. Gasten die onder het motto "mijn huis is het niet" een enorme bende achterlieten, of zelfs voor grote bedragen aan schade hadden aangericht. Anne had drie keer meegemaakt dat de borgsom niet toereikend was om die schade te herstellen. Onbegrijpelijk vond ze het, dat mensen het blijkbaar normaal vonden om op die manier om te gaan met het huis van een ander. Eén keer had iemand zelfs het jaar erop doodleuk hetzelfde huis gereserveerd. Een aanvraag die ze zonder pardon had geweigerd.

Ze remde af voor een verkeerslicht en trok weer op toen het op groen sprong nog voor ze helemaal stil stond. Van het begrip groene golf hadden ze hier nog nooit gehoord, bedacht ze, toen het volgende stoplicht op rood sprong toen ze bij de stopstreep was. In plaats van te remmen, gaf ze een dot gas.

De zwarte auto achter haar zou haar niet zijn opgevallen als ze niet op het laatste moment het stoplicht had gehaald. Zelf reed ze al door rood, de auto achter haar had zeker moeten stoppen. Nerveus blikte ze in haar achteruitkijkspiegel. Een zwarte Volkswagen, ze wist niet welk model het was. De felle zon die op de voorruit scheen, maakte dat ze de bestuurder niet kon zien.

Bij het volgende stoplicht aarzelde ze even toen het op rood sprong. Uiteindelijk remde ze toch maar. Via het spiegeltje probeerde ze de bestuurder van de auto achter haar te bekijken, maar meer dan een glimp kon ze niet opvangen. Het was een man, dat was duidelijk. Zo te zien was hij kaal, meer kon ze eigenlijk niet onderscheiden. Hij kwam haar niet bekend voor.

Ze haalde zwaar adem en probeerde zichzelf tot de orde te roepen. Dus een andere bestuurder had ook geen zin om te wachten en reed door rood. Nou en? Ze moest niet zo paranoia doen.

Toen het stoplicht op groen sprong, trok ze snel op. De auto bleef op enige afstand achter haar rijden. Er was nu een rijstrook naast haar beschikbaar en ze haalde even haar voet van het gas. De man haalde niet in. Zo veel haast had hij nou ook weer niet gehad.

Normaal doen, zei ze in gedachten tegen zichzelf. Ze richtte haar blik weer op de weg voor zich. Er was niks aan de hand. Het idee dat ze op klaarlichte dag zou worden gevolgd, was te absurd voor woorden.

Ze was zo met andere dingen bezig, dat ze bijna de juiste afslag miste. Hard trapte ze de rem in, de auto achter haar moest ook vaart minderen. Ze gaf richting aan en sloeg rechtsaf. Snel keek ze in haar spiegel. De zwarte Volkswagen reed rechtdoor. Ze haalde opgelucht adem.

Via de verlaten straat reed ze de stad uit. De bebouwing was hier minder dicht, grote villa's stonden op ruime percelen. De huizen werden aan het zicht onttrokken door hoge muren. Anne reed tegen een heuvel op en voelde haar Corsa een beetje protesteren. De weg maakte een scherpe bocht naar links en ze passeerde het bordje dat het einde van de bebouwde kom aangaf. De villa lag een minuut of vijf buiten het dorp en ze gaf wat extra gas. Nu ze van het onaangename gevoel was verlost, genoot ze van de omgeving. Het gras langs de kant van de weg was dor, maar her en der stond uitbundig bloeiende oleander. Ook over de muren van de huizen groeide bougainville met roze en paarse bloemen. Haar oog viel op een paar sinaasappelbomen. Er hing een aantal onrijpe vruchten aan, die op z'n vroegst in september gegeten zouden kunnen worden, maar waarschijnlijk zelfs pas een aantal weken of maanden later. Ze dacht aan de bomen in de tuin van Daniels huis. Vorig jaar hadden ze drie emmers vol zoete vruchten geoogst. Ze kon zich nog precies het opgewonden gevoel herinneren dat ze toen had gehad. Sinaasappels uit eigen tuin, ze was zelden meer opgetogen geweest over het feit dat ze in Spanje woonde. Nog steeds kon ze genieten van de mooie, groene beplanting.

Ze naderde de villa en haalde haar voet van het gas. Automatisch wierp ze een blik in haar achteruitkijkspiegel. Haar adem stokte toen ze de donkere auto zag. Het was dezelfde, ze zag het aan het nummerbord. Even twijfelde ze, toen remde ze verder af. De andere bestuurder hield ook in. Anne voelde hoe haar handen vochtig werden toen ze naar links stuurde, de oprit van de vakantievilla op. Ze keek in haar spiegel. De auto reed door.

Hijgend bleef ze zitten. Ze liet haar verhitte hoofd op het stuur rusten. Ze had het zich niet verbeeld, dat wist ze zeker. Maar betekende het ook iets? Er waren meerdere routes naar deze weg. Zij had de meest gangbare, en de kortste, genomen. En de meest logische. Maar dat betekende niet dat je er op een andere manier niet kon komen. Alleen was dit geen doorgaande weg. Als je verder het binnenland in wilde, moest je uiteindelijk weer van deze weg afwijken.

Ze sloot haar ogen en schudde haar hoofd. Achter haar ogen begon een stekende pijn te ontstaan. Draafde ze nou weer door, of speelde er veel meer dan ze vermoedde?

Al haar spieren deden pijn toen ze de sleutel uit het contact haalde. Ze schrok van een geluid. Pas in tweede instantie realiseerde ze zich dat het haar telefoon was. Snel rommelde ze in haar tas en haalde haar mobiel tevoorschijn. Daniel.

'Goed nieuws', zei hij toen ze opnam.

'Wat is er dan?'

'Ik mag naar Malaga voor een grote pitch.'

'O, fijn.' Anne probeerde enthousiasme in haar stem te leggen. 'Wanneer?'

'Ja, dat is het vervelende. Ik moet vanavond al vliegen. En ik ben pas donderdag terug.'

'Zo lang?'

'Ja.' Anne hoorde de opwinding in Daniels stem. 'Ik heb vorige week mijn voorstel gestuurd en ze willen me morgenochtend spreken.'

'Waarom moet je dan drie dagen blijven?'

'Omdat er meerdere rondes zijn. Elke keer vallen er bedrijven af en donderdag maken ze dan uiteindelijk hun keuze.' Zijn stem blaakte van zelfvertrouwen. 'Ik heb een heel scherp voorstel gedaan. Ze kunnen er niet omheen, dat weet ik zeker. O Anne, als dit lukt, dan kan ik echt een stap maken.'

Anne glimlachte om zijn enthousiasme. 'Ik duim voor je. Maar je vliegt vanavond al?'

'Eind van de middag, zelfs. Halfzes. Ik zou graag nog even gedag komen zeggen, maar het is hier hectisch. En ik moet nog langs huis voor wat spullen.'

'Nee joh, je moet je tijd nu in andere dingen stoppen. Je hebt het druk genoeg.'

Ze hoorde hem zuchten. 'Ik weet zeker dat we de klus krijgen. Het aanbod is echt goed.'

'Succes lieverd', zei Anne.

'Ik bel je vanavond.'

Anne verbrak de verbinding en pakte haar tas. Drie nachten alleen. Er ging een lichte huivering door haar lichaam, maar ze zette de gedachte aan de kant. Dat was van later zorg, ze kon altijd nog bij Marloes en Suzan gaan slapen. Tegelijkertijd ging er nog iets door haar hoofd, een soort opluchting. Wat er gisteren was gebeurd zat haar nog steeds niet lekker, maar nu Daniel een paar dagen wegging hoefde ze zich daar even niet mee bezig te houden. Dat kwam daarna wel weer.

Ze stapte uit de auto. Buiten was het doodstil. Het knerpen van het grind onder haar voeten klonk als kanonschoten door de omgeving. Ze sloot het portier en bleef even staan.

Er was niks te horen, op het fluiten van een paar vogels na. Ze spitste haar oren. In de verte klonk wat gerommel, dat langzaam luider werd. Een naderende auto. Ze hield haar adem in en keek naar links en rechts. Er zat zeker honderd meter tussen de villa en de buurhuizen. Ze legde haar hand op het portier. Snel instappen, dat was het enige wat ze kon doen.

Met ingehouden adem wachtte ze tot de auto was genaderd. Ze knipperde tegen het felle zonlicht dat weerkaatste tegen de witte lak. Net zo snel was de wagen voorbij en hoorde ze het geluid van de wielen tegen het asfalt wegsterven tot de stilte terugkeerde.

Ze haalde de sleutels uit haar tas en liep naar het hek. De villa was uitstekend beveiligd en ze had niet alleen een sleutel, maar ook een toegangscode nodig om het hek te openen. Er hing bovendien een beveiligingscamera bij de poort, al stond die eigenlijk altijd uit, tenzij je hem vanaf binnen inschakelde om te kijken wie er aanbelde. Een sys teem dat ze nooit aan gasten uitlegde, omdat het erg ingewikkeld en omslachtig was. Ze raadde haar gasten gewoon aan niet open te doen als ze geen bezoek verwachtten en bij mogelijke problemen altijd meteen de politie te bellen. Gelukkig was het nog nooit nodig geweest.

Zorgvuldig sloot ze het hek achter zich. Daarna liep ze over het grindpad naar de voordeur. Die was dubbel op slot gedraaid. Ze knikte goedkeurend. Gek genoeg kon je vaak aan dit soort dingen al merken hoe de gasten het huis hadden achtergelaten.

Dat dat ook nu klopte, bleek toen ze de keuken binnenliep. Het was er opgeruimd en schoon, zelfs de vaatwasser was leeg. Ze liep naar de woonkamer, die er ongebruikt uitzag. Niet zo raar, de gasten waren drie weken gebleven en hadden elke dag mooi weer gehad.

Anne opende de tuindeuren en keek even rond op het terras en bij het zwembad. Daarna sloot ze de deuren weer en liep naar boven. Zelfs de bedden waren afgehaald. Ze glimlachte. Ze herinnerde zich nog precies het oudere echtpaar dat drie weken geleden de sleutel was komen halen. Ze hadden uitgebreid verteld over hun kinderen en kleinkinderen die hen in telkens wisselende samenstellingen gezelschap zouden houden. Vooral de vrouw had zich er zichtbaar op verheugd voor de hele kliek te zorgen. Ze deed Anne een beetje aan haar eigen oma denken.

Ze raapte het beddengoed op en legde het op de gang. Daarna liep ze naar de andere slaapkamers en deed hetzelfde. Net toen ze de deur van de laatste kamer achter zich dichttrok, hoorde ze het. Stokstijf bleef ze staan. Het geluid klonk gedempt, maar het was er onmiskenbaar.

Een portier dat werd dichtgeslagen.

Anne smeet het beddengoed op de grond en rende naar de trap. Bovenaan bleef ze staan. Dit was de enige manier om beneden te komen, maar toch aarzelde ze. Ze draaide zich om en opende de deur van de slaapkamer aan de voorzijde. Langs de muur liep ze naar het raam, dat uitzicht gaf op de grote voortuin. Terwijl haar hart in haar keel bonkte, keek ze voorzichtig naar buiten. Het toegangshek lag een beetje richting de zijkant van het huis. Vanuit het raam kon ze de hele voortuin overzien, maar om goed uitzicht op het hek, en het ervoor gelegen parkeerplaatsje, te krijgen, moest ze eigenlijk het raam open doen en haar hoofd eruit steken. Ze bukte en liep naar de andere kant van het raam, vanwaar ze het iets beter kon zien. Even bleef ze doodstil staan en spitste haar oren. Ze hoorde niks. Nog geen auto die voorbijreed, geen vogel die hard genoeg floot om door de enkele beglazing heen hoorbaar te zijn. Was het stil buiten? Of was het geluid van voetstappen op het grind niet luid genoeg om hoorbaar te zijn? Ze slikte. Misschien niet als je die voetstappen heel behoedzaam zette.

Ze tuurde uit het raam. Vanaf hier kon ze het toegangshek zien. Het was dicht. Ze liet haar blik over de tuin gaan.

Niemand te zien.

Ze legde haar hoofd nu strak tegen het raam om meer zicht te krijgen. Ze zag het dak van haar auto. Het zonlicht weerkaatste erop. Ze kneep haar ogen samen. Er was iets veranderd. Ze had het gevoel dat ze iets over het hoofd zag. Langzaam scande ze de omgeving af.

Ineens zag ze het. Het donkere vlak naast haar auto. Slechts een kleine glimp ving ze ervan op, maar het was er wel degelijk. Het dak van een auto. Een donkere auto die naast de hare geparkeerd stond.

Haar hart pompte haar bloed zo hard rond dat het zoemde in haar oren. Ze greep even naar haar hoofd, duizelig. Ze probeerde te focussen, maar ze hijgde van angst. Was het dezelfde auto? Het was niet te zien vanaf hier. Maar hij was donker. Zwart? Ze wist het niet.

Ze verwachtte niemand. De schoonmakers kwamen pas na drie uur en reden bovendien in witte bedrijfsauto's. De eigenaar was het niet, die was in Nederland.

Alles in haar schreeuwde dat ze weg moest rennen, maar het leek alsof haar benen dienst weigerden. Ze moest zich aan de vensterbank vasthouden. Haar brein was gespitst op elk geluidje, maar het was doodstil in huis. Langzaam zette ze een paar stappen. Haar knieën voelden als elastiek. Ze bereikte de deur en bleef staan. Haar nekharen stonden overeind en ze voelde zweet prikken. Even sloot ze haar ogen om zich te concentreren. Het was stil beneden. Althans, dat leek zo.

Zwaar ademend liep ze de gang op. Ze keek naar haar hand, die als in slow motion naar de leuning van de trap ging. Ze probeerde zich de plattegrond van het huis voor de geest te halen. De trap kwam uit in de woonkamer. Van daaruit kon ze naar de keuken lopen en dan via een kleine hal en de voordeur naar buiten. Of ze moest via de achterdeur gaan. Ze dwong zichzelf goed na te denken. De route via de keuken was korter. Bovendien was ze sneller bij de auto. Ze wist niet of ze het hek vanaf deze kant makkelijk kon openen. Of had ze ook de sleutel en de code nodig? Waarschijnlijk wel. Ze slikte. Extra tijd.

Ze zette haar bevende voet op de bovenste tree van de trap. Ze bleef stokstijf staan en beet hard op haar lip. Beneden bleef het stil.

Toen ze haar voet verplaatste om opnieuw een tree af te dalen hoorde ze het. Een voetstap. Ze onderdrukte een schreeuw. Het bloed stolde in haar aderen.

Ze trok haar voet terug. Razendsnel keek ze om. Van alles schoot door haar hoofd. Kon ze via een raam ontsnappen? Ze schudde wild haar hoofd. Veel te hoog. Vanaf hier kon ze nergens heen. Er was alleen een zolder, maar de trap daarvoor moest worden uitgeklapt en bovendien schoot ze er niks mee op. Het liep dood. Ze zat in de val.

Haar tas! Ze had hem mee naar boven genomen. Bijna huilde ze van opluchting toen ze hem op de overloop zag staan. Wild begon ze erin te zoeken. De politie, die zou hier binnen tien minuten kunnen zijn. Met trillende handen haalde ze de hele inhoud van haar tas eruit. Waar was haar telefoon? Paniekerig zocht ze alles door, en toen nog eens. Hij zat er niet in! In een flits herinnerde ze zich het gesprek met Daniel, vlak voor ze was uitgestapt. Had ze haar mobiel in de auto laten liggen?

Paniek raasde door haar heen. Ze voelde zich misselijk. Ze wilde schreeuwen, maar dwong zichzelf stil te zijn. Met uiterste krachtsinspanning herpakte ze zichzelf. Alleen goed nadenken kon haar nu helpen. Rustig blijven.

Wie was het? Ze wist het niet. Was hij alleen? Waren er wapens? Even schoot het beeld van Inge door haar heen, vastgebonden en onder het bloed. Stond haar hetzelfde te wachten? Ze moest overal op voorbereid zijn. Het bizarre van de situatie schoot door haar heen. Een foute actiefilm leek het, maar het was haar leven.

Wat moest ze doen? Hier blijven staan was geen optie. Ze luisterde opnieuw. Er klonk een klik. De deur die in het slot werd geduwd. Van binnenuit of van buitenaf?

Zonder geluid te maken liep ze de slaapkamer weer in. En daarna nog een, en nog een. Nergens was een telefoon. Beneden stond er eentje. Ver buiten haar bereik. Ze keek woest om zich heen. Ze moest iets vinden dat ze als wapen kon gebruiken. De kamers waren minimaal ingericht. Een bed en een kast. Zoals Costa Villas het de eigenaars aanraadde. Haar blik viel op een ventilator. Ze schudde haar hoofd. Veel te groot. Ze keek naar de lampen naast het bed. Die waren nutteloos. Uiteindelijk greep ze het kleine krukje dat als nachtkastje werd gebruikt. Het was beter dan niks.

Met haar hand stevig rond een van de ronde poten, liep ze terug naar de trap. Behoedzaam zette ze haar voeten neer, al leken haar voetstappen hard door de stilte te weerklinken. Deze keer maakte de bovenste tree geen geluid. Langzaam zette ze haar linkervoet een tree lager. Heel even bleef ze staan, toen daalde ze verder de trap af.

Halverwege de trap kon ze een deel van de woonkamer overzien. Ze speurde de ruimte af. Er was niks vreemds te zien. Opnieuw zette ze een stap. Met elke tree die ze verder naar beneden liep, werd haar blikveld ruimer. De ruimte leek verlaten. Ze moest nog drie treden. Nog twee. Nog één.

Ze verstevigde haar greep op het krukje toen ze de laatste tree afdaalde. Er was niemand te zien. Behoedzaam, bijna sluipend, zette ze een paar passen. Vanaf hier kon ze een deel van de keuken ook overzien. Ze slikte, terwijl haar hart tegen de binnenkant van haar ribbenkast hamerde. Bewoog er iets? Of was het verbeelding?

Plotseling voelde ze een luchtstroom langs haar verhitte lichaam gaan. Met een ruk draaide ze zich om, net op tijd om te zien hoe de achterdeur openwaaide en met een klap tegen de muur kwam. Ze kon een schreeuw niet onderdrukken. Instinctief dook ze weg. Ze zag een schim, een donkere figuur die op haar afkwam. Ze wist niet eens uit welke richting, angst vertroebelde haar blikveld. Ze gooide het krukje, het landde met een krakend geluid op de vloer. Het enige wat ze hoorde was de weerklank van haar eigen gil toen twee handen haar stevig vastpakten.

'Anne!' De stem leek van ver weg te komen en drong maar moeizaam door. 'Anne, gaat het?'

Hijgend bleef ze staan. De greep om haar armen verslapte. Ze keek op, duizelig van schrik. Even knipperde ze met haar ogen, alsof ze zich moest oriënteren. 'Jeroen?'

'Ja. Jeetje, gaat het wel?' Hij legde zijn sleutelbos neer. Anne herkende de reservesleutel. Er schoten allerlei gedachten door haar heen. Waarom had hij die meegenomen? Wat deed hij hier überhaupt?

Jeroen keek haar bezorgd aan. 'Je ziet helemaal wit.'

'Wat doe jij hier in vredesnaam?' Anne wist niet of ze moest huilen van opluchting of schreeuwen van woede. Waarom sloop hij hier zomaar binnen?

'Ik wilde...' Hij zuchtte en haalde zijn hand door zijn haar. 'Sorry dat ik je liet schrikken. Ik had je auto niet herkend. Ik dacht dat het die van de jongen van het zwembad was.'

Anne slikte. 'Die rijden in groene auto's. Je huurt dat bedrijf zelf in.'

'Sorry, ik had het moeten weten.' Hij leek echt aangedaan. 'Sorry dat ik je de stuipen op het lijf heb gejaagd. Ik dacht al dat ik boven een geluid hoorde.'

Anne haalde diep adem en voelde haar hartslag afnemen. 'Wat kom je hier doen?'

'Ik denk erover de huurprijs van deze villa te verhogen en daarvoor wilde ik een paar dingen checken. Of het gerechtvaardigd is, zeg maar.'

Anne probeerde die informatie te verwerken, maar het leek wel alsof haar brein op slot was gegaan. Ze voelde een bonkende hoofdpijn en was nog steeds misselijk van de schrik.

Even knikte ze in de richting van de achterdeur. 'Waarom is die open?'

'Geen idee. Ben jij buiten geweest?'

'Ja.' Ze haalde diep adem. 'Misschien heb ik hem niet goed dicht gedaan.'

'Wacht maar.' Jeroen trok de deur dicht en draaide de sleutel twee keer om. 'Nu is hij goed dicht.' Hij monsterde haar. 'Waarom ga je niet even zitten? Je staat helemaal te shaken. Ik zal een glas water voor je pakken.'

Anne schudde haar hoofd. Ze wilde hier weg, zo snel mogelijk. Weg van dit huis en weg van Jeroen. Wilde hij echt de huurprijs verhogen? Of was het een onzinverhaal en had zijn komst iets met haar te maken? Hoe zat het met de zwarte auto? Ze geloofde best in toeval, maar niet in zo veel toeval. Ze slikte en bande de gedachten uit haar hoofd. Later, later zou ze erover nadenken. Nu wilde ze alleen maar naar de veilige omgeving van haar eigen huis.

'Waarom ga je niet lekker naar huis?' zei Jeroen, alsof hij haar gedachten kon lezen. 'Er komen vandaag toch geen gasten meer aan? Probeer wat bij te komen, dan kun je er morgen weer tegenaan.'

Ze knikte. 'Ja. Dat doe ik.' Een beetje houterig pakte ze haar tas, die op de grond was gevallen. Haar autosleutel lag ernaast. Ze raapte hem op en keek naar Jeroen. 'Oké. Tot morgen.'

'Tot morgen.' De bezorgdheid was niet uit zijn blik verdwenen. 'Weet je zeker dat het wel gaat? Ik kan je wel even thuisbrengen.'

'Nee', zei ze te snel en te hard. Ze herpakte zichzelf. 'Nee, dat hoeft niet. Ik red me wel.'

Haar knieën knikten nog steeds een beetje toen ze langs hem heen liep, de deur uit, naar buiten. Nu pas zag ze dat het hek op een kleine kier stond. De laatste passen naar haar auto legde ze bijna hollend af. Ze wilde hier weg.

Ze rukte het portier open en stapte in. Snel startte ze de motor.

Pas toen ze de weg opdraaide, bekroop haar het gevoel dat er iets niet klopte. De auto was niet op slot. Was ze het vergeten? Ze keek naar de spullen die altijd door de auto slingerden. Een deodorantbus en een pakje kauwgom lagen op de passagiersstoel. Haar mond werd droog. Hadden die niet op de grond gelegen? Ze wist het niet meer. Ze richtte haar blik op de weg en onderdrukte de tranen die achter haar ogen brandden.

12

Toen ze haar eigen straat in reed, had Anne iets van haar kalmte hervonden. Ze was vast zelf vergeten de auto af te sluiten. Als er echt iemand in haar auto was geweest, was het wel raar dat haar telefoon er nog lag. En ze wist eigenlijk niet zeker hoe de rommel in haar auto normaal gesproken gerangschikt lag. Ze schudde haar hoofd. Het was tijd dat haar gezonde verstand het weer ging overnemen, voor ze helemaal doordraaide.

Ze zette de auto in een parkeervak precies voor de deur en liep naar binnen. Een moment lang aarzelde ze toen ze op het knopje van de lift drukte, toen rechtte ze haar rug en vermande zich. Even later stapte ze uit op de bovenste verdieping. Er was niemand te zien. Eigenlijk zag ze de twee buren van wie de voordeuren ook op dit portaal uitkwamen, sowieso niet vaak. In het ene appartement woonde een man van een jaar of veertig, die alleen maar weg leek te zijn. In het andere een jong stel, dat vooral veel werkte. Twee keer per jaar lag Anne een halve nacht wakker, omdat ze een feestje hadden. Ze kende het stel nauwelijks, maar wist precies hun verjaardagen.

Ze stak haar sleutel in het slot en ging haar eigen appartement binnen. Snel sloot ze de deur. Er ging een rilling over haar rug. Het onbehaaglijke gevoel verdween maar niet. Toen ze haar sleutel op tafel legde, merkte ze dat haar handen nog steeds een beetje trilden.

Ze liep naar de keuken en zette het koffieapparaat aan. Terwijl het apparaat opwarmde, liep ze naar de slaapkamer om haar werkkleding te verruilen voor een zomerjurkje. Ze trok haar kledingkast open en bleef als aan de grond genageld staan. Een rilling liep over haar rug.

Iemand had in haar kast gerommeld.

Zodra de gedachte door haar heen ging, schudde ze haar hoofd. 'Doe normaal', mompelde ze tegen zichzelf, geïrriteerd door haar eigen paranoia. Haar kledingkast was nooit het toonbeeld van netheid en ze wist niet eens precies hoe ze het vanochtend had achtergelaten. Ze pakte een blauw jurkje van de hanger en legde het op haar bed. Daarna trok ze haar nette rok en blouse uit en hing die over een hanger. Even aarzelde ze toen ze haar kleding in de kast hing. Haar oog viel op een knalroze truitje dat ze zeker een jaar niet had gedragen. Het lag boven op een T-shirt dat ze vorige week nog aan had gehad. Ze beet op haar lip. Het klopte niet.

Stevig schudde ze haar hoofd. Ze moest echt ophouden.

Ze trok het jurkje over haar hoofd en liep terug naar de keuken. Ze zette een kop sterke koffie voor zichzelf en liep ermee naar de woonkamer. Voor de boekenkast bleef ze staan, al wist ze zelf niet eens waarom. Ze liet haar blik langs de ruggen gaan. Toen ze hier kwam wonen had ze de boeken er gewoon ingezet, zonder volgorde of logica. Altijd had ze het plan gehad ze nog eens te sorteren op alfabet, of op genre, maar ze had het nooit gedaan. Inmiddels was ze gewend aan hun rangschikking. Ze kon alles vinden.

Ze stonden anders.

Een paar keer knipperde ze met haar ogen, maar het beeld veranderde niet. Het was alsof iemand de boeken eruit had gehaald en zomaar slordig terug had gezet. Sommige stonden op een heel andere plank. Ze keek beter. Niks stond meer hetzelfde.

Ze rilde. Ze verbeeldde het zich niet, er was iemand in haar huis geweest. Daniel? Hij was de eerste die in haar opkwam. Maar hij zat in Malaga, dus het kon eigenlijk niet. Hoewel... Ze schudde kort haar hoofd. Hij had toch niet gelogen? Waarom zou hij zeggen dat hij naar Malaga ging, om vervolgens in haar huis rond te neuzen?

Ze probeerde het antwoord dat voor de hand lag te negeren. Wat zou Daniel zoeken in haar huis? En waarom zou hij dat niet gewoon doen als hij hier toch was, en niet terwijl hij zei dat hij in Malaga zat?

Het was niet logisch, probeerde ze haar opkomende onrust weg te redeneren. Wat er werd gezocht, had vast te maken met de ontvoering van Henk, niet met Daniel.

Tenzij...

Met een klap viel haar koffiebeker op de grond. Hij brak in stukken, de zwarte vloeistof belandde in de spetters op de stenen vloer. Ze keek er niet eens naar. Als door een wesp gestoken rende ze naar de slaapkamer. Ze trok haar kast open en sleurde er een weekendtas uit. Ze moest hier weg. Wat er ook aan de hand was, ze kon niet langer ontkennen dat ze er tot haar nek in zat. En dat ze zelfs in haar eigen huis niet veilig was. Ze wist nog niet hoe, ze zag het verband nog niet, maar dit zou weleens meer, veel meer, met Daniel te maken kunnen hebben dan ze tot nu toe had beseft. Alleen hij had een sleutel van haar huis, alleen hij kon degene zijn die in haar spullen had geneusd. Dat deed hij niet zomaar. Misschien dat de ontvoerders van Henk dachten dat zij iets van waarde had, maar waarom zou Daniel dan net nu grondig door haar kasten gaan?

Er kwam een antwoord in haar op dat ze niet wilde horen. Maar aan de andere kant: dit kon toch geen toeval meer zijn?

Driftig veegde ze de opkomende tranen weg. Ze was verdrietig en boos, maar angst had de overhand en ze smeet lukraak kleren in de tas. Daarna rende ze naar de badkamer en maaide alles wat op het badkamermeubel stond haar toilettas in. Ook die smeet ze in de weekendtas. Ze ritste hem dicht.

Moest ze de politie bellen?

Nee, beter van niet. Wat moest ze zeggen? Dat Daniel ermee te maken had? Hoe dan? Dat wist ze zelf niet eens. Daniel mocht Henk juist graag. Was dat schijn geweest? Of was er iets gebeurd? Ze kon niet bedenken wat dat was. Ze wist niet eens wanneer Daniel Henk voor het laatst had gezien.

Moest ze hem bellen? Ze schudde haar hoofd. En dan? Hem op de man af vragen wat hij hiermee te maken had, had waarschijnlijk weinig zin. Ze kon beter weggaan. Onvindbaar zijn tot dit allemaal achter de rug was, hoelang dat ook zou duren. Ze keek rond in haar huiskamer. Het gevoel van veiligheid dat ze in haar eigen huis altijd had gehad, was in één klap verdwenen.

Maar waar moest ze heen? Ze wilde niets liever dan bij Marloes en Suzan gaan zitten, in elk geval tot zij teruggingen naar Nederland. Maar het was geen optie. Het was de meest logische plek om te verblijven en daardoor uitgesloten. Daniel zou meteen weten waar ze zat. Ze moest naar een plek waarvan hij het bestaan niet wist. Hij, en de anderen. Ze had geen idee hoe groot dit was, wie er allemaal bij betrokken waren. Waar moest ze allemaal voor uitkijken? Kon ze nog wel naar buiten? Ook al zou ze onderduiken, ze kon niet van de aardbodem verdwijnen. Ze moest werken om geen achterdocht bij Jeroen te wekken.

Even dacht ze aan hem. Kon ze hem in vertrouwen nemen? Misschien moest ze hem vertellen wat ze vermoedde over Daniel. Maar aan de andere kant, ze had ergens nog steeds een vreemd gevoel. Zijn gedrag van de laatste tijd was opvallend te noemen. Eerst dat geheimzinnige met die belastingpapieren, daarna die pokeraantekeningen en vervolgens dook hij op in een villa waar hij niks te zoeken had. Bovendien, Jeroen zou vast zeggen dat ze met het verhaal naar de politie moest gaan en dat was nog te vroeg. De meest logische gang van zaken was dat Daniel verhoord zou worden en dat wilde ze niet. Niet voordat ze zelf meer zicht had op zijn rol. Ze was bang dat de politie niet veel verder zou komen en Daniel weer zou laten gaan. Daarmee zouden haar problemen alleen maar groter worden, want hij zou meteen weten uit welke hoek de verdachtmaking was gekomen. Het beste was om voorlopig zo normaal mogelijk te doen. Of hij nou echt in Malaga zat of niet, hij had het niet voor niks gezegd. Hij wilde haar de komende dagen blijkbaar niet zien en dat was in haar voordeel. Het gaf haar een beetje tijd om uit te zoeken wat hij ermee te maken had. Dan kon ze altijd nog naar de politie gaan.

De vraag was alleen waar ze heen moest. Even speelde ze met het idee om bij Ingrid aan te kloppen. Zij huurde een aantal kleine appartementjes waar ze de medewerkers onderbracht die net uit Nederland waren gekomen. Ze wist zeker dat haar vriendin haar zou helpen als ze de situatie zou uitleggen. Maar toch verwierp ze het idee. In zo'n appartement zou ze niet bepaald ongezien blijven, aangezien ze het huis met een paar mensen zou moeten delen.

Ze kon beter ergens heengaan waarvan ze zeker wist dat ze alleen was. Er kwam een plek in haar op die zich hier prima voor leende. De verbouwde boerderij Casa Viento del Norte werd al jaren door Costa Villas onderhouden en sporadisch verhuurd. In de tijd dat Anne bij het bedrijf werkte, was de eigenaar er echter maar een paar keer geweest. Het huis, dat iets buiten Platja d'Aro lag, stond het grootste deel van het jaar leeg.

Het idee dat ze in haar eentje op een afgelegen plek zou moeten zitten bezorgde haar rillingen, maar als ze logisch redeneerde was het wel het meest verstandige. Daniel kende de plek niet en zou niet weten waar hij haar moest zoeken. Om dat te weten te komen zou hij, of iemand anders, haar moeten volgen. Mocht dat gebeuren, dan zou ze het in de stad nooit doorhebben. Daarvoor was er simpelweg te veel verkeer op de weg. Maar buiten de bebouwde kom, en zeker op het verlaten landweggetje dat leidde naar de verbouwde boerderij die ze op het oog had, zou ze het zo zien. Dan kon ze vluchten of de politie bellen.

Ze knikte ferm en zocht nog een paar spullen bij elkaar, die ze in haar tas propte. Een paar minuten later trok ze de voordeur achter zich dicht. Met haar weekendtas in de hand wachtte ze ongeduldig op de lift. Nerveus keek ze om zich heen. Het portaal was verlaten, net als de lift toen de deuren zich voor haar openden. Snel stapte ze naar binnen. Gespannen keek ze toe hoe de verdiepingen een voor een op het blauwe display verschenen. Ze hield haar adem in toen de deuren op de begane grond opengingen, maar er was niemand te zien. Op een drafje liep ze naar haar auto. Ze slingerde haar tas op de achterbank en ging achter het stuur zitten. Haar jurkje plakte aan haar klamme huid.

Binnen een paar minuten reed ze in de straat waar Costa Villas was gevestigd. Twintig meter van het kantoor vond ze een parkeerplek. Snel stapte ze uit en liep naar de deur. Die was op slot. Ze haalde opgelucht adem. Jeroen was er niet.

Ze draaide de deur van het slot en glipte naar binnen. Uit haar bureaula haalde ze een klein sleuteltje, daarna liep ze naar het kastje aan de wand. Ze stak de sleutel in het slot en draaide die om. Vervolgens toetste ze de code in en met een klik sprong het kastje open. De sleutels waren allemaal voorzien van hangers met een code. Geen adressen, dat zou het voor eventuele dieven wel heel makkelijk maken. Welke code bij welk adres hoorde stond wel ergens op haar computer, maar in dat beveiligde document keek ze zelden. Ze kende de meeste codes uit haar hoofd.

De sleutel die ze zocht hing onderin. Hij werd weinig gebruikt. Alleen de eigenaar zelf kwam er, maar niet meer dan twee weken per jaar, en soms liet hij familie en vrienden erin. Costa Villas regelde het onderhoud van de villa en Anne wist dat dat de eigenaar honderden euro's per jaar kostte, soms zelfs nog meer dan dat. Ze had geen idee waarom hij het huis niet gewoon verkocht.

Snel stopte ze de sleutel in haar zak en sloot het kastje af. Even later zat ze weer in de auto. Terwijl ze wegreed, keek ze in haar spiegels. Het was zoals gewoonlijk druk op straat, maar er waren geen auto's die haar opvielen. Expres reed ze een extra rondje om de rotonde.

Niks.

Ze grimaste om haar eigen actie. Misschien was het een beetje overdreven. Dit was nog altijd een toeristisch stadje in

Spanje, geen decor van een spannende actiefilm. Achtervolgingen waren hier niet bepaald aan de orde van de dag.

Het duurde even voor ze de juiste route naar het huis had gevonden. Ze dacht dat ze het nog wist, maar reed drie keer verkeerd voor ze de weg naar de villa had gevonden. De verbouwde boerderij lag een paar minuten buiten het stadje. Even slikte ze toen ze de bebouwde kom verliet. De afgelegen ligging was juist de reden dat ze hierheen ging, maar dat betekende niet dat ze het fijn vond. Opnieuw keek ze nadrukkelijk in haar spiegels. Achter haar was de weg verlaten.

Ze minderde wat vaart en keek uit naar een smalle, onverharde weg aan de rechterkant. Vanaf daar was het nog een meter of tweehonderd naar de toegangspoort van het huis. Haar Corsa schokte en hobbelde over de droge zandweg. Ze keek in de spiegels en zag niks anders dan de stofwolk die de auto achterliet.

Even later stopte ze voor het toegangshek. Het zat op slot en ze moest uitstappen om het met de sleutel te openen. Ze begreep niet waarom de eigenaar wel had geïnvesteerd in een camerasysteem rond het huis, maar niet in een automatisch hek of op z'n minst een elektronisch slot met een toegangscode.

Ze reed het terrein op en stopte opnieuw, om het hek weer op slot te doen. Het huis stond zo'n vijftig meter verder. Ze parkeerde voor de deur en stapte uit. Even keek ze om zich heen. Het was eigenlijk zonde dat de verbouwde boerderij zo weinig werd verhuurd, want het was een prachtige plek. De tuin was meer dan drieduizend vierkante meter groot en was zeker in de lente een prachtig plaatje met bloeiende bloemen en groene bomen. Inmiddels was het meeste uitgebloeid, maar de begroeiing gaf nog steeds een mooie aanblik.

Eens per week kwam er een tuinman die ervoor zorgde dat het geen wildernis werd, maar het was ook duidelijk dat de natuur hier deels gewoon haar gang kon gaan. Mooier dan al die strak aangelegde tuinen, die met een nagelschaar onderhouden leken te zijn, vond Anne.

Ze keek links om het huis, waar nog net een glimp van het zwembad te zien was. Het was afgedekt met zeil, omdat het zelden werd gebruikt. Ze wist dat Jeroen weleens had voorgesteld het leeg te pompen omdat het onderhoud nogal wat kostte, maar daar was de eigenaar fel op tegen geweest. Als hij kwam, of als hij het huis aan bekenden verhuurde, wilde hij dat het zwembad beschikbaar was. Dus betaalde hij vele euro's per jaar voor onderhoud aan een zwembad dat misschien vier weken per jaar in gebruik was.

Anne wendde haar blik af. Ze was niet van plan te gaan zwemmen. Ze haalde haar weekendtas uit de auto en zeulde hem naar de voordeur. Ze opende die met de sleutel. Een muffige lucht kwam haar tegemoet, de ruimte was te lang niet gelucht. Ze stapte naar binnen en liep door naar de woonkamer. Daar was het niet veel beter. Bovendien was het er schemerig, omdat de meeste ramen waren afgesloten met luiken.

'Eerst wat frisse lucht', mompelde ze. Ze zette haar weekendtas op de grond en opende de ramen. Daarna zwaaide ze de luiken open. Fel zonlicht stroomde de kamer in. Ze keek naar het stof dat in het licht danste. Het moest weken geleden zijn dat hier voor het laatst iemand was geweest.

Ze liet haar weekendtas staan en liep naar de keuken. Ook daar was het donker. Ze zette de ramen en luiken open en draaide daarna de achterdeur van het slot. Die bood toegang tot de achtertuin. Nu zag ze het zwembad pas goed. Het blauwe zeil vertoonde een groenige uitslag en er lagen uitgebloeide bloemblaadjes op. Jeroen zou vast niet blij zijn als hij dit zag, bedacht ze. Er hoorde eens per week iemand te komen om het schoon te maken, maar zo te zien had die dit huis al een aantal weken overgeslagen. Even dacht ze aan de man die hiervoor was ingehuurd. Het idee dat hij ineens in de tuin kon opduiken bezorgde haar een onaangenaam gevoel.

Ze vermande zich. 'Doe normaal', mompelde ze binnensmonds. Ze was van plan haar auto te parkeren in de losstaande schuur op het terrein. De man zou niet eens merken dat ze er was, laat staan dat hij Jeroen zou inlichten. En bovendien, te oordelen naar de staat van het zwembad kwam hij toch niet al te vaak.

Anne liep naar binnen en sloot de achterdeur stevig af. Ze keek om zich heen in de lege keuken. Ze had boodschappen moeten doen voor ze hierheen ging. Stom dat ze daar nu pas aan dacht. Ze voelde er weinig voor om weer de deur uit te gaan, maar veel keus had ze niet.

Ze liep naar de woonkamer en pakte haar weekendtas. Er waren drie slaapkamers op de eerste verdieping, maar na wat er vanochtend was gebeurd, voelde ze er weinig voor om boven te slapen. Er was maar één uitweg via de trap, en als die geblokkeerd werd zat ze in de val.

Ze schudde haar hoofd. Haar gedachten waren te bizar voor woorden. Ze leken thuis te horen in een horrorfilm of spannende thriller, maar waren nu ineens van toepassing op haar eigen leven.

Een hoog geluid doorbrak de stilte en ze dook in haar handtas om haar telefoon eruit te halen. Het was haar moeder. Ze schraapte haar keel en probeerde haar stem normaal te laten klinken. 'Hoi mam.'

'Hai lieverd. Ik stoor toch niet?'

'Ik eh... Ik ben aan het werk.'

'O sorry. Ik wilde alleen even weten of alles goed is. Ik maakte me zorgen, omdat ik je gisteren en vandaag niet op je huistelefoon kon bereiken.'

Anne herinnerde zich dat ze een paar gemiste oproepen van haar moeder had gezien. Ze had terug moeten bellen of op z'n minst even moeten sms'en. 'Sorry, ik had je nog willen bellen.'

'Geeft niet. Gaat het goed?'

Anne hoorde zelf hoe haar stem trilde toen ze zo luchtig mogelijk zei: 'Ja hoor, prima. Druk aan het werk.'

Haar moeder merkte blijkbaar niks. 'Fijn lieverd. De drukke tijden zijn natuurlijk weer aangebroken. Ik zal je niet langer storen. Bel me maar als je tijd hebt.'

'Doe ik, mama.'

'En pas goed op jezelf. Dag schat!'

Er klonk een klik. Anne bleef even met de telefoon aan haar oor staan en beet op haar lip. Ze slikte opkomende tranen weg. Ze wilde niks liever dan haar hart uitstorten bij haar moeder, maar dat ging niet. Haar moeder zou zich alleen maar grote zorgen maken.

Ze vermande zich en stopte haar telefoon terug in haar handtas. Met haar spullen liep ze naar de slaapkamer op de begane grond. Er stond een tweepersoonsbed dat niet was opgemaakt. Anne trok de kast open en vond in plastic verpakt beddengoed. Ze trok het pakketje open en begon het bed op te maken.

Even later keek ze naar het resultaat van haar werk. Ze veegde een paar zweetdruppels van haar voorhoofd. Het was warm en muf in de slaapkamer, maar ze wilde het raam niet openzetten. Het bevond zich aan de zijkant van het huis en vanuit de woonkamer had ze er geen enkel zicht op.

Ze liep terug naar de woonkamer en bleef besluiteloos staan. Het liep tegen halfzes en ze voelde haar maag knorren. Ze had alleen nog maar ontbeten. Er zat niks anders op dan naar de supermarkt te rijden. Als ze snel was, kon ze nog voor het donker terug zijn.

Net toen ze de luiken en ramen weer had gesloten, ging haar mobiel opnieuw.

Het was Suzan, zag ze. 'Hé!' riep ze zo opgewekt mogelijk. 'Hoe is het?'

'Goed. Met jou?'

'Ja. Prima.'

'Waar ben je?'

'Aan het werk.' Anne stond zelf een beetje verbaasd over hoe goed het liegen haar tegenwoordig af ging.

'Waar dan? We liepen net voorbij Costa Villas, maar daar is niemand.'

'Ik eh... ben in een huis', zei ze snel. Het was niet eens echt gelogen.

'O. We wilden ergens een wijntje gaan drinken op de boulevard en vroegen ons af of je zin hebt om mee te gaan.'

Anne aarzelde. Ze wilde eigenlijk niet in het donker teruggaan naar huis. En eigenlijk wilde ze ook niet op een terrasje gaan zitten, zo dicht bij haar eigen appartement.

'Ik hoor het al', zei Suzan, toen ze blijkbaar te lang had gewacht met een antwoord geven. Er klonk lichte irritatie in haar stem door, waar Anne een naar gevoel van kreeg.

'Sorry', zei ze. Ze slikte. Misschien kon ze beter eerlijk zijn. 'Ik ben in een villa.'

'Ja. Dat zei je al.'

'Niet voor werk. Ik ben bang in mijn eigen appartement.' Ze haalde haar hand door haar haar. 'En daarom zit ik voorlopig in een van onze huizen.'

Ze hoorde dat Suzan niet goed wist hoe ze moest reageren. 'O. Maar is er iets gebeurd dan?'

'Ik ben gewoon bang', ontweek Anne de vraag. 'Waarschijnlijk is er niks aan de hand, maar ik ben nou eenmaal niet zo'n held.'

'Maar je kunt toch ook bij ons komen? We hebben plek zat en bovendien, je hebt dit huis zelf voor ons geregeld.'

'Ja.' Anne probeerde snel iets te verzinnen, maar dat lukte niet echt. 'Ik denk alleen... Ik denk gewoon dat dit beter is.'

'Je moet doen wat goed voelt', zei Suzan. Van haar irritatie was niks meer te merken. 'Als je wilt dat we naar je toe komen om je gezelschap te houden...'

'Nee, dat hoeft niet. Gaan jullie maar lekker ergens wat drinken.' Anne had het gevoel dat ze iets moest zeggen, moest voorstellen, om niet helemaal een vriendin van niks te zijn. 'Zullen we morgenavond uit eten gaan?' Ze realiseerde zich eigenlijk nu pas dat morgenavond de laatste avond van haar vriendinnen in Spanje was. Er kwam schuldgevoel op.

'Ja, leuk', zei Suzan. Ze klonk een beetje bezorgd. 'We vinden het echt niet erg om naar je toe te komen, hoor. Je hoeft het maar te zeggen.'

'Echt niet nodig. Ik ben niet zo gezellig vandaag, jullie kunnen het beter met z'n tweeën leuk hebben. Morgenavond maken we er een feestje van.'

'Oké dan. Heb je een idee voor een leuk restaurant?'

'Ik regel iets', beloofde Anne. 'Misschien kunnen we daarvoor ergens iets drinken?'

'Ja, leuk. Zullen we rond zessen afspreken?'

'Prima. Ik weet een leuk barretje aan de rand van het centrum.' Het was een klein tentje met een nog kleiner terras, een eindje bij haar appartement vandaan. Niet zo opvallend en druk als op de boulevard, en daarom precies wat ze zocht.

'Oké', zei Suzan. 'Sms me het adres even, dan zien we elkaar daar om zes uur.'

'Doe ik', beloofde Anne. Ze hing op en zocht meteen het adres van de bar op, anders zou ze het geheid vergeten. Nadat ze het per sms naar Suzan had gestuurd, pakte ze haar handtas en autosleutels en liep resoluut de deur uit.

13

‘We hebben een heerlijke vakantie gehad.’

‘Dat is goed om te horen.’

‘Het huis was geweldig, het zwembad was heerlijk. En we hebben natuurlijk ook enorm geboft met het weer.’

‘Ja. Zeker.’ Anne luisterde met een half oor naar de man die ze aan de telefoon had. Zijn vrouw en hij hadden een van de villa’s van Costa Villas verlaten en reden nu al bij de Nederlandse grens. Omdat het gasten waren die vaker via het kantoor een huis huurden, vond Anne het belangrijk ze persoonlijk te spreken over hun vakantie. Wie weet maakte die persoonlijke relatie dat ze volgend jaar weer een huis boekten.

Eigenlijk was het bizar dat ze zich hier druk om maakte, maar ze had gemerkt dat werk haar gedachten afleidde en dat kon ze wel gebruiken. Terwijl de man opsomde waar zijn vrouw en hij zich de afgelopen drie weken mee vermaakt hadden, zocht Anne in de inbouwkast naar haar zwarte jurkje. Gisteravond, nadat ze van de supermarkt terug was gekomen, had ze haar weekendtas uitgepakt en de kleren in de kast gelegd. Niet dat ze wist hoelang ze hier zou blijven, maar ze had het idee dat ze niet morgen weer thuis zou zijn. Vanochtend was Jeroen weer bij de politie geweest. Hij had net als zijzelf het gevoel dat het onderzoek muurvast zat. Nog altijd hadden de ontvoerders geen contact opgenomen, het was volkomen onduidelijk wat het doel van de ontvoering was. Anne had Jeroen willen vragen wat zijn idee erover was, maar ze had hem alleen even kort gesproken.

'Nou, ik ben blij dat te horen', zei ze, toen de man blijkbaar even adem moest halen en ze een opening zag. 'Ik zal u niet langer storen. Een goede reis nog en hopelijk tot ziens.'

'Reken daar maar op!'

Anne nam afscheid en hing op. Haar telefoon maakte een geluidje en ze keek naar het scherm. Terwijl ze aan het bellen was, was er een berichtje binnengekomen. Haar hart miste een slag. Het was van Daniel. Hij schreef dat het goed ging in Malaga en dat hij haar miste. Anne voelde haar mond droog worden. Ze knipperde om de opkomende duizelingen tegen te gaan. Ze moest iets terugsturen, anders zou het opvallen. Iets nikszeggends.

Ze stuurde terug dat ze blij voor hem was en dat het met haar ook goed ging. Het kostte haar bijna moeite de woorden in te typen. Zonder nadenken drukte ze op "verzenden" en legde haar telefoon weg. Ze was bang dat Daniel haar belde. Doen alsof er niks aan de hand was, was met een sms'je nog wel te doen. Maar ze wist zeker dat hij iets aan haar zou merken als ze hem aan de telefoon had. Ze zou niet opnemen. Voorlopig niet.

Ze haalde het zwarte jurkje uit de kast. Het was al over halfzes, ze mocht wel opschieten als ze om zes uur in de wijnbar wilde zijn. Ook al bezorgde het idee dat ze in het donker in haar eentje terug moest naar de villa haar een huivering, ze had wel veel zin om nog één avond met haar vriendinnen door te brengen. Vooral omdat ze zich had voorgenomen het niet over al het gedoe te hebben en ook niet over haar tijdelijke verhuizing. Vanavond wilde ze niks anders dan lol maken.

Ze trok het jurkje over haar hoofd en maakte de haltersluiting in haar nek vast. Daarna liep ze naar het kleine badkamertje op de gang. De wastafel lag bezaaid met make-upspullen, watjes en drie soorten make-upremover. Ze pakte haar toilettas en stopte er wat spullen in om een beetje ruimte te maken. Daarna keek ze naar zichzelf in de spiegel. Ze had kringen onder haar ogen en haar haar hing troosteloos naar beneden. Ze pakte een tubetje concealer en begon de wallen weg te werken. Goedkeurend bekeek ze het resultaat in de spiegel. Daarna werkte ze haar mascara bij en kneedde mousse door haar haar. Veel beter, stelde ze tevreden vast. Ze schrok toen ze op haar horloge keek. De tijd was sneller gegaan dan ze dacht. Ze had over precies één minuut met Marloes en Suzan afgesproken. Snel reikte ze naar haar toilettas om haar lipgloss te zoeken, daarna kon ze de deur uit.

Plotseling bevroor haar hand in de lucht. Een ijskoude rilling liep over haar rug toen ze het geluid hoorde.

Een vliegtuig! Het kon een vliegtuig zijn. Ze greep zich vast aan de rand van de wastafel, omdat haar knieën begonnen te trillen. Elke vezel in haar lijf stond op scherp. Het ronken kwam dichterbij. Ze kon zichzelf niet voor de gek houden. Dit was geen vliegtuig.

Dit was een auto.

Ze vloog naar de woonkamer, waar de luiken gesloten waren. Even keek ze naar de trap, maar ze schudde ferm haar hoofd. Die fout maakte ze niet nog een keer. Ze deed een raam open en haalde diep adem voor ze het luik een klein stukje naar buiten duwde. Een streepje van het late middaglicht viel de huiskamer in. Ze legde haar hoofd tegen het koele hout om door de kleine kier naar buiten te kunnen kijken. De weg naar het huis werd door de witte muur aan het zicht onttrokken, maar de stofwolk die er bovenuit zichtbaar was, zei genoeg.

Razendsnel dacht ze na. Het hek was op slot. Dat had ze twee keer gecheckt. Haar auto stond in de schuur. Aan niks was te zien dat het huis bewoond was. Alle luiken en ramen waren dicht. Wie het ook was, ze zou niet open doen.

Waar was haar telefoon? Ze kon de politie bellen. Of haar vriendinnen. Iemand waarschuwen, zodat ze in elk geval wisten waar ze was.

Maar ze bleef als aan de grond genageld staan. Ze durfde niet weg te lopen, ze wilde zien wie eraan kwam.

De stofwolk kwam dichterbij en uiteindelijk kon ze de auto zien. Een zwarte. Meteen kwam het beeld van die andere zwarte auto in haar op. Was het dezelfde? Ze wist het niet. Met samengeknepen ogen probeerde ze de bestuurder te ontwaren. Misschien was het de man van het zwembad, probeerde ze zichzelf gerust te stellen. Hij was weken niet geweest, de kans dat hij een dezer dagen zou verschijnen was groot.

De gedachte bracht haar hartslag niet tot bedaren. Ze keek toe hoe de auto het hek naderde en vlak ervoor tot stilstand kwam. De motor werd afgezet. De bestuurder stapte uit. Het was een man, zo te zien was hij alleen. Het stof van de onverharde weg hing nog in de lucht en ze kon zijn gelaat niet goed zien. De man was in elk geval niet bang dat hij werd gezien. Op zijn gemak liep hij naar het hek, dat ze net niet goed kon overzien. Anne durfde het luik niet verder open te duwen. Het kraakte een beetje, had ze gisteren gehoord. In de stille omgeving zou het geluid meteen opvallen.

Stijf bewoog ze haar arm om op haar horloge te kunnen kijken. Het was al over zessen. Haar vriendinnen zaten te wachten. Haar telefoon lag in de slaapkamer. Ze aarzelde. Als ze erheen liep, kon ze laten weten waar ze was en wat er aan de hand was. Maar dan zou ze het zicht kwijtraken. Bovendien durfde ze niet hardop te praten. Was dat buiten te horen? Ze wist het niet, maar ze wilde het risico niet nemen. Ze moest een berichtje sturen. Met haar adres erin. Zodat ze de politie naar de villa konden sturen.

De knal klonk keihard door de zware stilte. Hij galmde door de omgeving. Anne bevroor. Het bloed stolde in haar aderen. Ze had nog nooit zoiets gehoord en toch wist ze meteen wat dit was. Een schot. Hij was gewapend. Het hek ging knarsend open.

Anne wilde bewegen, rennen om haar telefoon te pakken, maar haar benen weigerden dienst. Ze hoorde hoe de motor weer werd gestart en de auto optrok. Door de kier gluurde ze naar buiten. Ze zag de zwarte wagen niet meer, ook niet toen die werd geparkeerd. Ze hoorde hoe het portier werd dichtgeslagen. Waar was de man? Liep hij via de zijkant naar de achtertuin? Ze had alle deuren stevig op slot gedraaid. Heel even legde ze haar hand op het hout van het luik om ook dat dicht trekken, maar net zo snel trok ze hem terug. Geen goed idee. Het geluid zou haar verraden.

Ze had het gevoel dat haar benen van lood waren toen ze naar de slaapkamer liep. Ze wilde hollen, maar dwong zichzelf rustig te blijven. Geen geluid maken. Ze schopte haar sandaaltjes uit, de hoge hakken maakten te veel geluid. De grond voelde koud aan haar voeten en ze rilde.

Ze kon een schreeuw niet onderdrukken toen het geluid door het huis galmde. Een knal. Weer. Ze sloeg haar hand voor haar mond en zocht steun tegen de muur. Haar eerste reactie was wegrennen. Via de achterdeur, desnoods via het raam. Naar buiten, naar de auto. Maar het was te laat. Waar ze ook heen ging, hij zou haar zien.

Ze holde naar de slaapkamer en greep haar mobiel. Met trillende vingers haalde ze de toetsenblokkering eraf. Twee keer typte ze de verkeerde code. Ze hoorde gerommel. Voetstappen. Ze liet haar telefoon vallen. De voetstappen kwamen dichterbij. Ze week achteruit, wetend dat ze geen kant op kon.

'Anne!'

Even verdreef verbijstering haar angst. Ze kende die stem. Haar oren begonnen te suizen. Ze keek hoe de deur open werd geduwd. Het leek in slow motion te gebeuren. Het eerste wat ze zag, was de hand op de deurklink. Haar blik gleed naar boven. Ze hijgde van spanning. Gedachten knalden door haar hoofd. Ze deed nog een paar stappen naar achteren. Kou trok door haar huid toen ze de muur raakte.

'Anne.' Hij stapte naar binnen.

Ze snoof. Meteen viel haar blik op zijn hand. Het pistool was klein en zwart. Ze durfde geen adem te halen. Haar stem klonk raar schor toen ze zei: 'Daniel.'

Even was het stil tussen hen. Anne slikte. Hij was de Daniel die ze kende en tegelijkertijd leek hij niet op de man met wie ze al zo lang samen was. Er was iets anders aan hem. Zijn blik. De hardheid erin deed haar huiveren.

Ze likte aan haar droge lippen. 'Malaga, dus?'

Hij keek haar onbewogen aan. 'Waar is het?'

Ze probeerde helder te denken, maar wist niet wat hij bedoelde. 'Wat?'

Hij speelde met het wapen. 'De papieren, Anne. Je weet best wat ik bedoel.'

'Daniel, ik...' Ze schudde een beetje hulpeloos haar hoofd. 'Welke papieren?'

'Henk zegt dat jij ze hebt.'

Ze staarde hem met wijd opengesperde ogen aan. 'Heb jij...'

Daniel bestudeerde zijn wapen. 'Waar zijn ze?'

'Welke papieren?' Anne wilde alles wel geven, maar ze wist echt niet wat hij bedoelde. Ze had geen papieren. Niet van Henk. En al helemaal geen papieren die iets waard waren.

Daniel kwam op haar af. 'Doe niet alsof je het niet weet.'

Anne drukte haar rug tegen de muur. 'Ik weet het echt niet.' Ze gilde toen hij haar vastgreep. Hij was sterk, sterker dan ze dacht. Haar voeten weigerden dienst en ze struikelde. Even lag ze slap in zijn armen. Ze rook zijn geur, voelde zijn lichaam. Het kon niet. Dit kon niet echt gebeuren. Hij voerde haar mee naar de woonkamer. Hardhandig zette hij haar op de bank. Zelf ging hij aan tafel zitten, recht tegenover haar. Hij legde het wapen voor zich op tafel, met zijn hand erop.

'Het is heel simpel', zei hij, volkomen ontspannen. 'Of je vertelt waar de papieren zijn, of dit loopt niet goed voor je af.'

Anne voelde de wanhoop door haar lichaam stromen. 'Maar ik weet het niet', zei ze bijna smekend. 'Welke papieren?'

Ze zag een glimp van aarzeling bij Daniel. 'Alsjeblieft', smeekte ze. 'Laat me gaan. Ik heb geen papieren. Wat bedoel je dan?'

'De eigendomsakte. Je baas beweert dat jij die hebt. Dus voor de dag ermee.'

'Welke eigendomsakte?' Anne probeerde haar gedachten te ordenen. 'Waarvan?'

Daniel draaide het wapen rond, alsof hij er gedachteloos mee speelde. 'Het duurt niet lang meer.'

Anne kneep haar ogen samen. 'Wat?'

'Met Henk. Zielig, hoor. Hij gaat kapot daar.'

Anne voelde zich misselijk. Er kwamen beelden in haar hoofd op, die ze probeerde te verdrukken.

'En zo mager ook', ging Daniel onverstoorbaar door. 'Man, wat is hij afgevallen. Nog een paar dagen en...' Hij schudde zijn hoofd, alsof het hem werkelijk aan het hart ging. 'Triest, hoor.'

'Welke papieren?' vroeg Anne opnieuw. Haar stem klonk hoger dan normaal. 'Ik heb niks. Je zoekt bij de verkeerde.'

'O ja?' Daniel keek haar recht aan. Hun blikken ontmoetten elkaar en bleven aan elkaar hangen. Anne zocht wanhopig naar een opening, een manier om Daniel te overtuigen.

'Doet het je dan niks?' vroeg ze. Meteen daarna kon ze haar tong wel afbijten. Ze moest zich rustig houden, niet de confrontatie zoeken.

Daniel lachte kort en nep. 'Jij denkt echt dat dit om jou gaat, hè?'

'Nee, ik...'

'Je betekent niks. Een pion, meer niet.'

'Waarom ik?'

'Geen betere manier om veilig binnen te komen dan via een medewerker die de grote man doet denken aan de dochter die zijn eigen kind nooit is geworden.' Hij knikte, duidelijk erg in zijn nopjes met zichzelf. 'Het was een briljant plan. En het werkte perfect. Binnen vier weken dronk ik mijn eerste biertje met hem. Het had niet beter kunnen gaan.'

Anne herinnerde zich het moment precies. Stapelverliefd was ze geweest en natuurlijk had ze Daniel aan Henk willen voorstellen. Hij was belangrijk voor haar. Misschien wel de vader die ze niet had. Meteen hadden ze het goed kunnen vinden. Die avond aan de bar was ze alleen maar verliefder geworden.

Er kwam gal omhoog, dat ze dapper wegslikte. Een grote farce. 'Maar waarom dan?' vroeg ze. Haar tong voelde als schuurpapier, ze zou een moord doen voor water. 'Waarom via mij? Als je hem wilde ontvoeren, had je dat op elk moment kunnen doen.'

Daniel keek haar aan. 'Natuurlijk wilden we hem niet ontvoeren. We wilden hem kaalplukken, leegschudden. Maar toen hij niet betaalde, moesten we wel.' Hij leek even in gedachten te verzinken. Daarna schudde hij zijn hoofd. 'Hij dacht echt dat hij er goed in was.' Hij schudde zijn hoofd. 'Het duurde langer dan we gepland hadden. Een jaar.' Hij zuchtte. 'Die ouwe bleek taaier dan we dachten. Maar uiteindelijk brak hij.'

'Wat bedoel je?' vroeg Anne.

'Poker', zei Daniel, op een toon alsof ze dat allang had moeten weten. 'Het duurde een tijd voor hij niet meer zonder kon. Maar uiteindelijk ging hij voor de bijl.' Daniel grinnikte. 'Toen begon hij zijn eigen graf te graven. En dat graf is diep. Tonnen heeft het hem gekost en toen kon hij het niet meer betalen. Die akte is zijn afkoopsom. Maar ja, dan moeten we die wel hebben.'

Anne probeerde haar razende gedachten onder controle te krijgen. De dreiging droop van zijn woorden af. 'Welke eigendomsakte bedoel je?'

'Appartementen. In Tamariú. De akte ervan is miljoenen waard, de miljoenen die Henk nodig heeft om zich vrij te kunnen kopen.'

Anne dwong zichzelf scherp na te denken. 'Ik heb die akte niet', zei ze. 'Als iemand weet waar die is, is het Jeroen.'

'Niet volgens Henk.'

'Maar dat is onzin! Je weet zelf wat mijn rol bij Costa Villas is. Waarom zou ik die akte hebben?'

'Lieg niet!' Daniel verhief zijn stem en Anne week achteruit. 'Als Henk zegt dat jij die akte hebt, dan heb jij die akte. Je denkt dat je spelletjes kunt spelen, maar dit gaat om leven en dood. Letterlijk. Zonder die akte, gaat Henk eraan.'

'Laat hem vrij', smeekte Anne. 'Neem hem mee naar kantoor of waar dan ook en laat hem die akte pakken.'

Daniel keek haar cynisch aan. 'Je denkt toch niet serieus dat ik Henk ergens vast heb gezet?'

'Maar je zei net...'

'Dat is niet mijn rol.' Hij keek bijna meewarig. 'Dit is veel groter dan jij denkt. Dit gaat veel verder. Je kunt wel doen alsof je niks weet, maar je helpt er niemand mee. Jezelf niet, en Henk al helemaal niet.' Opnieuw legde hij zijn hand op het wapen. Er sprak zo veel dreiging uit het gebaar dat Anne paniek door haar lichaam voelde razen. Ze kon een kreet niet onderdrukken toen een geluid de drukkende stilte doorbrak. Pas in tweede instantie herkende ze het geluid van haar mobiele telefoon. Daniel keek verstoord. Hij richtte zijn blik op het apparaat op de grond. Anne ook. Elke spier in haar lijf was gespannen. Haar mobiel was niet kapot! Even voelde ze hoop. Marloes en Suzan zouden de politie bellen en dankzij haar mobiel zou de recherche haar zo hebben gevonden.

Daniel stond op en liep met het pistool in zijn hand naar het telefoontje. Het geluid verstomde. Hij raapte het op en keek naar het kapotte schermpje. 'O kijk,' zei hij een beetje cynisch, 'het is die vriendin van je. Ze zullen zich wel afvragen waar je blijft.' Hij hield de telefoon omhoog, toen de ringtone opnieuw begon te spelen. 'Nou nou, je bent wel populair.'

Anne probeerde haar ademhaling onder controle te houden. Als kind had ze last gehad van hyperventilatie. Ze voelde de bekende verschijnselen opkomen. Even sloot ze haar ogen en concentreerde zich op het in- en uitademen. Alleen als ze kalm bleef, had ze een kans. Ze moest scherp blijven, proberen Daniel in te schatten. Tientallen vragen schoten door haar hoofd. Was hij alleen? Zou hij zijn pistool echt kunnen gebruiken? Ze kende hem. Het kon toch niet?

Ze deed haar ogen open en keek naar hem, net op tijd om te zien hoe hij de uit-knop indrukte en de telefoon in zijn zak stopte. 'Zo,' zei hij tevreden, 'daar hebben we geen last meer van.'

Hij liep naar de voordeur en draaide de sleutel twee keer om. Daarna liep hij terug naar de tafel en ging weer zitten.

'Ik geef je nog vijf minuten.'

'Maar ik heb die akte niet.' Anne probeerde kalm over te komen. 'Denk je niet dat ik die dan allang had gegeven?'

'Blijkbaar niet.'

'Bel je baas op en laat hem aan Henk vragen waar die papieren dan zouden moeten zijn. Ik ga ze meteen halen.' Ze speelde blufpoker, dat realiseerde ze zich. Het miste zijn effect. Daniel keek onbewogen.

Allerlei vragen schoten door haar hoofd. Waarom dacht Henk dat ze iets had? Iets wat blijkbaar veel waard was? Hij had haar nooit iets gegeven en dat moest hij zelf ook weten. Ging dit echt om papieren? Dat kon niet. Henk zou haar nooit op die manier in gevaar brengen. Het moest een leugen zijn. Of het was Henks manier om haar iets duidelijk te maken. Iets waarmee ze hem vrij kon krijgen. Ze voelde tranen over haar wangen glijden. Machteloosheid en frustratie vochten om voorrang, maar de angst overheerste. Ze snapte het niet. Maar ze moest het snappen. Dit ging over leven en dood.

'Vier minuten', zei Daniel. Hij keek haar niet eens aan.

Anne voelde hoe elke spier in haar lichaam zich spande. Al waren die papieren een miljard waard, ze zou ze zonder nadenken hebben afgestaan als ze ze had. Maar ze had ze echt niet. Ze had zelfs nog nooit van het hele complex in Tamariú gehoord. Ze probeerde te bedenken wat ze over die plaats wist. Niet veel, ze kwam er niet zo vaak. Hoewel het kustplaatsje populair was bij toeristen, verhuurde Costa Villas er geen huizen. Ze probeerde te bedenken of ze er ooit met Henk was geweest, maar ze wist zeker dat dat niet het geval was. Het sloeg nergens op dat hij had gezegd dat zij de papieren had. Hij wist zelf ook dat dat niet zo was. Ze probeerde te bedenken wat hij duidelijk wilde maken met dit verhaal. Dat hij in het plaatsje werd vastgehouden? Zelfs als dat zo was, dan kon ze daar nu niks mee. En zelfs als ze de politie kon informeren, betekende het niet dat Henk meteen gered was. Tamariú mocht dan klein zijn, het was groot genoeg om iemand effectief te laten verdwijnen. Bovendien snapte ze niet dat Henk echt had gedacht dat de ontvoerders bij haar zouden aankloppen voor de papieren, om haar vervolgens net zo makkelijk weer te laten gaan. Alsof ze haar de kans zouden geven naar de politie te stappen. Ze schudde haar hoofd. Zou Henk echt een grote denkfout hebben gemaakt?

'Drie minuten', zei Daniel ijzig kalm. 'Ik zou maar eens diep nadenken, als ik jou was.'

'Maar ik...'

'Onzin!' riep Daniel, ineens kwaad. Hij veerde overeind. 'Je liegt!' Hij kwam dreigend op haar af, het wapen in zijn hand. Anne gilde.

Plotseling klonk er een klap. Anne wist niet of ze viel of zelf wegdook. Ze viel van de bank en landde hard op het marmer. Een verlammende pijn schoot door haar schedel. Was ze geraakt?

Ineens gebeurde er van alles tegelijk. Ze hoorde stemmen. Daniel schreeuwde iets. Er was nog een stem. Ze was duizelig en kon niet overeind komen. Een paar keer knipperde ze. De deur stond open. Of was het verbeelding? Er klonk een krakend geluid, gevolgd door een doffe klap. Ze verplaatste haar blik. Even draaide alles om haar heen, toen zag ze het op de vloer liggen. Een lichaam. Daniel? Er was nog iemand in de kamer. Haar hart pompte. Een handlanger? Ze probeerde opnieuw om op te krabbelen, maar het ging niet. Haar lijf weigerde dienst. Er kwamen schoenen haar kant op. Een stem. Een stem die ze kende.

Hij knielde neer. 'Anne?' Bezorgdheid en angst klonken door. 'Rustig maar. Het is voorbij. Je bent veilig. De politie komt eraan.'

Ze begon te huilen. Ongecontroleerd. Haar hele lijf trilde. Hij hielp haar overeind en sloeg zijn armen om haar heen, wiegde haar als een klein kind. 'Kalm maar, het is voorbij. Je bent nu veilig.'

Ze wilde van alles zeggen, maar kon bijna niks uitbrengen. 'Jeroen...'

'Sst.' Hij legde zijn hand beschermend op haar hoofd. 'Rustig maar. Ik kom zo terug.'

Ineens was hij weg. Ze huiverde. Een paar meter bij haar vandaan lag Daniel. Zijn ogen waren gesloten, hij bloedde uit een wond op zijn achterhoofd. Was hij dood? Haar ademhaling ging sneller, hortend. Ze wist niet wat ze moest voelen.

Jeroen was terug. 'Hij leeft nog', zei hij, alsof hij haar vraag van haar gezicht kon aflezen. 'Hij is alleen buiten westen.'

In de verte klonk het geluid van sirenes. Het zwol aan. 'Daar is de politie', zei Jeroen, terwijl hij haar overeind hielp. Anne voelde zich duizelig toen ze rechtop ging zitten. Ze knipperde een paar keer met haar ogen. De sirenes waren inmiddels tot dichtbij genaderd. Ze hoorde auto's stoppen en deuren dichtslaan. Jeroen liep naar buiten. Anne maakte een angstig geluid. 'Er gebeurt niks', beloofde hij. Binnen een halve minuut was hij terug, met vier agenten in zijn kielzog.

'Geen sporen wissen', zei iemand in het Spaans. 'Arresteer verdachte, maar laat zo veel mogelijk intact.'

Anne keek toe hoe de agenten Daniel handboeien omdeden. Hij kwam een beetje bij en werd overeind gesleurd. Het laatste wat ze van hem zag was hoe hij struikelend voort werd geduwd, naar buiten. Even later reed een van de politieauto's weg.

Twee agenten bleven achter. Een van hen kwam naar haar toe en gaf haar een glas water. 'Gaat het? We kunnen een ambulance laten komen.'

Ze dronk gulzig en schudde haar hoofd. 'Nee, ik ben in orde. Alleen...' Ze vocht tegen haar tranen. 'Is hij echt weg?'

'Hem zie je voorlopig niet terug', zei de agent geruststellend. 'Ik begrijp dat je waarschijnlijk het liefst zo snel mogelijk weg wilt, maar ik wil je vragen toch te blijven. Hoe meer informatie je ons kunt geven, hoe beter.'

'Hij heeft Henk. Hij, en anderen.'

'Heeft hij gezegd waar?'

'Hij heeft gezegd dat ze iets zoeken, een eigendomsakte van een appartementencomplex in Tamariú. Henk heeft gezegd dat ik die heb, maar ik heb niks.'

De agent knikte. 'Wacht even.'

Hij praatte in de portofoon. Anne maakte eruit op dat de recherche werd opgeroepen. Jeroen hielp haar overeind. Ze keek hem aan. 'Ken jij dat complex?'

Hij knikte. 'Mijn vader heeft er jaren geleden in geïnvesteerd. Het eigendomsrecht is veel geld waard.'

'Dus daarom willen ze de papieren hebben.'

Hij keek nadenkend. 'Dat is niet logisch. Om het eigendomsrecht over te zetten naar iemand anders heb je meer nodig dan de papieren. Een notaris, bijvoorbeeld.'

Anne dwong zichzelf diep na te denken, ook al kostte dat moeite. Ze zag iets over het hoofd, dat wist ze zeker. 'Waarom heeft je vader dat dan gezegd?'

Hij schudde zijn hoofd. 'Ik weet het niet. Hij weet als geen ander hoe het werkt.'

'Misschien wilde hij iets duidelijk maken.'

'Dat hij in Tamariú zit?'

De agent was naast hen komen staan en knikte. 'Ik heb al even met de recherche overlegd. Er wordt een onderzoek gestart in Tamariú.'

'Maar waar dan?' vroeg Anne. 'In dat complex zelf?'

De agent knikte op hetzelfde moment dat Jeroen zijn hoofd schudde. 'Dat lijkt me niet logisch', zei hij. 'Het zijn allemaal grote koopappartementen, voornamelijk voor gepensioneerden. Hoe kan mijn vader daar nou worden vastgehouden? Het lijkt me logischer dat ze voor een minder opvallende plek hebben gekozen.'

'We moeten de optie onderzoeken.'

'Natuurlijk.'

Anne zag dat Jeroens kalmte slechts uiterlijke schijn was.

'Wat doen jullie nog meer?' vroeg hij met een strak gezicht. 'Het duurt niet lang voor de ontvoerders erachter komen dat Daniel gearresteerd is, als ze dat niet al weten. Zodra ze horen dat hun plan is mislukt, komen ze in actie, dat weet ik zeker. En mijn vader...' Hij hoefde zijn zin niet af te maken om duidelijk te maken wat het lot van Henk dan zou zijn.

'Mijn collega's zijn bijna in de plaats', antwoordde de agent rustig. 'U kunt ervan uitgaan dat er met man en macht wordt gewerkt om uw vader te vinden.'

Anne keek naar Jeroen. 'Weet jij waar die papieren zijn?'

Jeroen knikte. 'Die liggen bij mij in de kluis, en dat weet mijn vader ook wel.' Hij keek peinzend. 'Als het echt alleen om de papieren te doen was geweest, had hij ze wel naar mij gestuurd.'

'Ik begrijp niet waarom hij dat niet heeft gedaan.'

'Dat vraag ik me ook af. Het moet dus niet gaan om die papieren an sich. Hij probeert iets duidelijk te maken.' Jeroen blikte opzij. 'Heeft mijn vader je onlangs iets verteld? Heb je het met hem ergens over gehad?'

Anne pijnigde haar hersenen, maar kon zich niet iets bijzonders herinneren. 'Alleen over de normale dingen: hoe het ging, hoe het met Inge was en dat het hoog seizoen er weer aan zat te komen. Hij klaagde weleens dat hij me zo weinig zag en hij wilde weer eens uit eten om bij te praten.' Anne voelde een steek van spijt dat dat er niet van was gekomen. Een paar keer per jaar gingen zij en Henk ergens iets eten, meestal in een nieuw restaurant dat hij had ontdekt en waar hij wild van was. Anne genoot altijd van Henks enthousiasme over zo'n tent en niet zelden ging ze later nog een paar keer terug. Ze wilde dat ze meer vaart had gezet achter het plannen van de afspraak. Henk had zelfs het restaurant al uitgezocht, zei hij.

En nu... Ze vocht tegen opkomende tranen. Wat als ze hem niet op tijd konden vinden? Het leed geen twijfel dat dit professionele criminelen waren. Alleen al het huis waar Daniel zogenaamd woonde was veel geld waard, en dan al die etentjes en cadeaus die ze van hem had gekregen. Ze hadden duizenden euro's geïnvesteerd om Henk te betrekken in het pokeren, en blijkbaar was dat een schijntje vergeleken bij wat ze nog meer konden verdienen. De inzet was hoog en ze twijfelde er niet aan dat de gevolgen groot zouden zijn.

Ze slikte. 'Er moet iets anders zijn', zei ze, hardop denkend. 'Iets wat hij duidelijk wilde maken. Iets wat te maken heeft met Tamariú.'

Jeroen haalde zwaar adem. 'Ik kan het echt niet bedenken. Mijn vader heeft weinig met die plaats. Hij kwam er in elk geval nooit.' Hij keek naar haar en leek zich ineens weer te realiseren wat zij had doorgemaakt. 'Wil je niet liever naar huis? Ik kan je brengen. Of naar je vriendinnen, als je wilt.'

Anne wilde iets zeggen, maar de agent kwam naar hen toe met zijn opschrijfboekje. 'Ik begrijp dat u hier liever niet langer wilt blijven.' Hij klikte zijn pen aan. 'Ik probeer het zo kort mogelijk te houden.'

Pas een halfuur later borg hij zijn aantekeningen op. Intussen had Jeroen haar vriendinnen gebeld om te laten weten wat er was gebeurd. Ineens voelde Anne zich moe.

'Ik breng je naar je vriendinnen', zei Jeroen resoluut.

Anne schudde haar hoofd. Het voelde alsof ze Henk in de steek liet. 'Maar ik kan niet...'

'Zodra er nieuws is, bel ik je', beloofde Jeroen. 'Maar je moet nu aan jezelf denken.'

Met zachte dwang nam hij haar mee naar buiten en zette haar in zijn auto. Daarna liep hij om en kroop achter het stuur. Toen ze het hek uit reden, realiseerde Anne zich pas dat ze niet wist hoe hij bij de villa terecht was gekomen.

'Je vriendinnen hebben alarm geslagen', beantwoordde Jeroen haar vraag. 'Ze zeiden dat je was ondergedoken in een van onze huizen. Toen ik zag dat de sleutel van deze villa ontbrak, wist ik het meteen. Dit huis wordt nooit verhuurd.'

'Je hebt jezelf in gevaar gebracht', zei Anne.

Hij wendde zijn blik af. 'Jij bent in gevaar gebracht. Dat had nooit mogen gebeuren.' Hij schudde zijn hoofd. 'Ik begrijp het niet. Mijn vader is dol op jou, hij beschouwt je bijna als een dochter. Hij zou je nooit in zo'n situatie brengen.'

'Maar als hij iets duidelijk wil maken...' Anne pijnigde opnieuw haar hersens. Met het appartementencomplex in Tamariú kon het niet te maken hebben. Ze was er nooit geweest, ze had het er zelfs nooit met Henk over gehad. Er moest iets anders zijn met die naam of met de plaats. Een ander appartementencomplex?

'Dat zou kunnen', zei Jeroen toen ze die gedachte hardop uitsprak. 'Hij heeft in een aantal andere geïnvesteerd. Maar waarom zou hij dan niet gewoon de naam of de plaats van dat complex hebben genoemd? Ook daarvan bestaan natuurlijk papieren.'

Anne haalde diep adem. Er was iets wat ze over het hoofd zag, ze wist het zeker. Ze voelde zich onrustig, alsof het antwoord voor het grijpen lag en ze het alleen maar hoefde te zien. Het moest met die naam te maken hebben. Ze sloot haar ogen om beter te kunnen nadenken. Steeds sterker kwam het gevoel dat ze het antwoord al wist, en gefrustreerd probeerde ze het te benoemen. Tamariú... Ze liet de naam door haar hoofd gaan.

'Het restaurant!' riep ze opeens uit.

Jeroen keek haar van opzij aan. 'Wat bedoel je?'

Ineens wist ze het. Dat ze dat niet eerder had gezien. Tamariú was niet alleen een plaats in de buurt, het was ook de naam van een restaurant in Platja d'Aro. Het restaurantje dat Henk op het oog had gehad voor hun afspraak. Nu wist ze waarom ze al zo'n onrustig gevoel had gehad toen ze aan die afspraak dacht, die er nog niet was gekomen. Henk had haar een link gestuurd naar de website van Bar Tamariú, zoals de tent heette. Ze had zelfs nog teruggemaild dat het er leuk uitzag en had gevraagd wanneer hij wilde gaan. Op zijn mail met een aantal data had ze niet meer gereageerd en daarna was dat met Inge gebeurd en was het sowieso even naar de achtergrond verdwenen.

'Het restaurant waar ik met Henk zou gaan eten', zei ze ter verduidelijking. 'Het is nieuw en hij wilde er graag heen.'

Jeroen keek niet-begrijpend. 'Wat is daarmee?'

'Het heet Bar Tamariú.' Ze voelde haar hartslag versnellen. 'Het moet er iets mee te maken hebben, dat kan niet anders.'

Ze zag de trek op Jeroens gezicht verharden. Hij greep zijn telefoon. 'Ik bel meteen de politie.'

Binnen een minuut had hij de belofte dat de politie meteen naar het betreffende restaurant zou gaan. Anne keek hem aan toen hij had opgehangen. 'Waar wachten we nog op? We gaan er ook heen.'

Jeroen schudde zijn hoofd. 'Nee, dat heeft geen zin. De politie heeft juist gezegd dat we er niet heen moeten gaan.' Hij stopte voor de deur van het appartement waar Suzan en Marloes verbleven. 'Je kunt beter hier blijven. Ik bel je als er nieuws is.' Hij aarzelde. 'Zal ik met je mee lopen?'

Ze schudde haar hoofd en zag uit haar ooghoek de deur opengaan. Marloes en Suzan kwamen naar buiten. Ze reikte naar de hendel van het portier. Jeroen stak zijn hand uit en raakte even haar arm aan. 'Houd je taai.'

Ze knikte en stapte uit. Ze voelde tranen branden en wist zelf niet eens waarom. Terwijl ze de auto weg hoorde rijden, liet ze zich door haar vriendinnen omhelzen.

'We waren zo bang', zei Marloes met verstikte stem. 'Wat is er gebeurd? Jeroen zei iets over Daniel. Wat...'

'We gaan naar binnen', zei Suzan resoluut. Ze greep Annes arm en hielp haar naar binnen, alsof ze breekbaar was. Ook in de lift liet ze haar niet los. Marloes stelde allerlei vragen. Ze gingen het appartement binnen en Suzan liet haar op de bank plaatsnemen. Haar vriendinnen namen aan weerszijden van haar plaats.

'Wat is er nou met Daniel?' vroeg Marloes.

Anne knipperde met haar ogen. Tranen drupten over haar wangen. Ze probeerde iets uit te brengen, maar hier, nu ze veilig in het gezelschap van haar vriendinnen was, kon ze alleen maar huilen.

Ze voelde zich rillerig, bijna koortsig. In haar hoofd probeerde ze alles op een rijtje te zetten. De politieagent had gezegd dat Daniel waarschijnlijk deel uitmaakte van een groep criminelen, die welgestelde pensionado's met te veel tijd proberen binnen te trekken in de wereld van het poker. In het begin wint het doelwit veel, waarmee zijn enthousiasme wordt aangewakkerd. Tegen de tijd dat de verslaving om de hoek komt kijken, begint het verliezen. Dan bieden de "vrienden" van de pokerclub een lening aan en binnen een mum van tijd wordt het doelwit kaalgeplukt. Tot hij niet meer aan de afbetalingen kan voldoen, zoals Henk.

Anne had met stijgende verbazing zitten luisteren naar wat de agent vertelde. Henk bleek niet eens een uitzondering, zoveel rijken waren slachtoffer geworden van dergelijke praktijken. De criminelen gingen uiterst geraffineerd te werk en lieten ook weldenkende mensen zoals Henk in hun val lopen. Anne voelde zich op een vreemde manier schuldig. Als zij niet voor Daniel was gevallen, had ze de criminelen geen ingang geboden. En daarnaast was er dat andere gevoel. Het liet zich niet goed omschrijven. Ze voelde zich gebruikt. Vies, bijna. Er kwamen beelden in haar op. Zij en Daniel, in bed. Zijn handen die haar aanraakten. Ze werd er misselijk van en probeerde de beelden te verdrijven. Een jaar van haar leven. Een jaar waarin ze zich gelukkig had geprezen met zo'n leuke man, een jaar waarin ze waanzinnig verliefd was geweest. Een lot uit de loterij, hoe vaak had ze niet bedacht dat Daniel dat was? En nu... Ze schudde haar hoofd en veegde haar tranen weg, maar ze bleven komen.

14

Anne greep naar haar borstkas en vloog overeind. Ze had het gevoel dat ze stikte. Ze wilde gillen, maar dat ging niet. Met wijd opengesperde ogen keek ze om zich heen. Waar was ze?

Heel langzaam voelde ze haar hartslag iets afnemen toen ze zich realiseerde dat ze in het appartement van Marloes en Suzan was. Ze was in slaap gevallen op de bank.

Ze greep haar mobiele telefoon, die haar wakker had gemaakt.

'Jeroen?' zei ze, toen ze zag wie er belde.

'Bel ik je wakker?'

'Ja.' Tot haar eigen verbazing was ze in slaap gesukkeld, ook al had ze naar gedroomd. Ze keek op de klok. Het was iets na vieren.

'Ik heb goed nieuws', zei Jeroen. 'Ze hebben mijn vader gevonden. Hij is ongedeerd.'

Anne hapte naar adem. Ze voelde tranen opkomen. 'Dat is geweldig', zei ze zacht. 'Dat is echt fantastisch. Hoe gaat het met hem?'

'Ik heb hem heel kort gesproken aan de telefoon. Hij is goed verzorgd, zei hij. Maar hij is natuurlijk ongelooflijk bang geweest.'

'Ik wil hem zien.'

'Dat kan, maar nu nog niet. Hij wordt naar het ziekenhuis gebracht voor een medische controle en hij wil daarna meteen naar Inge.'

Inge! Zij begreep natuurlijk niet waarom haar vader niet meer kwam.

Anne voelde medelijden met de jonge vrouw, die zo veel had moeten meemaken.

'Je had gelijk', zei Jeroen. 'Het was inderdaad een hint. Hij heeft in het voorbijgaan in een flits gezien dat hij bij dat restaurant in de buurt zat en hij probeerde jou dat op deze manier duidelijk te maken. Ze hebben hem gevonden in het pand links van het restaurant.'

Anne liet zich achterover in de kussens van de bank zakken. Opluchting stroomde door haar heen. Het schuldgevoel dat zij degene was die Henk met Daniel in contact had gebracht, verdween een beetje naar de achtergrond. De ontvoering was al erg genoeg, maar hij had het tenminste overleefd.

'De politie vraagt of je morgenochtend naar het bureau kunt komen', zei Jeroen. 'Het onderzoek is nog in volle gang en jouw verklaring is belangrijk.'

'Ik kan nu wel komen.'

'Dat is niet nodig. Probeer nog wat te slapen.'

Anne beloofde het, maar wist zeker dat slapen niet meer aan de orde was. Ze hing op en bleef een hele tijd voor zich uit zitten staren.

Anne draaide het plastic bekertje in het rond. Het water drupte een beetje over de rand en ze veegde het weg met haar hand. Ze keek op haar horloge. Het was een paar minuten over halfacht. Ze had sinds het telefoontje van Jeroen natuurlijk niet meer geslapen.

'Ik begrijp het nog steeds niet helemaal', zei ze nadenkend tegen de rechercheur tegenover haar. 'Waarom hebben ze Inge dan in dat bad gelegd?'

'Om meneer Bleiswijk onder druk te zetten.'

'Ja, dat lijkt me duidelijk. Maar waarom?' Ze schudde haar hoofd. 'Hoe is het zover gekomen dat Henk hun geld schuldig is? Ik weet dat het met poker te maken heeft, maar eigenlijk snap ik het nog niet precies.'

Geduldig tikte de rechercheur met zijn pen tegen zijn opschrijfboekje. 'Wat we nu weten is dat hier een groep van zo'n tien tot vijftien criminelen achter zit, die zich bezighouden met afpersing en illegale gokpraktijken. En vooral met een combinatie van die twee. Ze zorgen er eerst voor dat ze vermogende ouderen in de wereld van het poker trekken. Ze gaan zorgvuldig te werk, zoeken hun doelwitten niet zomaar uit. Als ze eenmaal hebben bepaald wie ze willen, maken ze er een heel project van. Ze zetten loopjongens in, zoals Daniel. Die pappen aan met het doelwit, maar vaak niet op een directe manier. Ze zoeken iemand uit in de omgeving van die persoon.'

Anne beet op haar lip. 'Ik dus.'

'Ja, in dit geval wel.'

'Maar waarom maken ze er zo veel werk van? Ik ben een jaar met hem samen geweest.'

De rechercheur leunde achterover. 'Omdat het om veel geld gaat. In eerste instantie investeren ze tien- of twintigduizend euro. Veel geld, maar ze hebben cash als water. Illegaal verkregen, uiteraard.'

Anne dacht aan het pakketje in de club, dat Marloes had gezien. Ze zou er waarschijnlijk nooit achter komen wat het was, maar ze kon zich er nu wel een voorstelling van maken.

'Tot de loopjongen met alle egards in de omgeving van de kruiwagen wordt ontvangen', ging de rechercheur verder. 'Dat lijkt omslachtig, maar op deze manier komt hun loopjongen veel betrouwbaarder over dan wanneer hij rechtstreeks met het doelwit in contact zou proberen te komen. Waarschijnlijk heeft Daniel de eerste paar keer ook niks over poker gezegd. Heel subtiel heeft hij het opgebouwd, tot meneer Bleiswijk voor zijn gevoel zelf de keuze maakte om eens een kijkje te nemen.'

Anne veegde een haarlok uit haar gezicht. 'Ik heb nooit gemerkt dat Henk met Daniel ging pokeren. Ik wist niet eens dat hij het kon.'

'Het is goed mogelijk dat Daniel in een mannen-onder-elkaarsfeertje heeft gezegd dat meneer Bleiswijk maar even zijn mond moest houden. Dat jij dat gepoker maar niks vond. En tegen de tijd dat meneer Bleiswijk doorkreeg dat het geen onschuldig spelletje was, zat hij er al tot zijn nek in.' De politieman liet even een stilte vallen. Toen ging hij verder: 'Dat is de manier waarop ze het spelen. Ze laten hun doelwit winnen, tot hij het spelletje zo leuk vindt dat hij er niet meer mee wil stoppen. Duizenden en duizenden euro's gaan erdoorheen, want als het doelwit eenmaal verliest, laten ze hem ook goed verliezen. En tegen de tijd dat hun doelwit een beetje krap bij kas komt te zitten, mag hij geld lenen. Ook dat begint klein, maar het loopt al snel op. In het geval van meneer Bleiswijk gaat het om zo'n acht ton.'

Anne keek hem met grote ogen aan. 'Acht ton?' herhaalde ze ongelovig.

'Ja, minstens. Zoals het er nu uitziet, heeft meneer Bleiswijk zich in allerlei bochten gewrongen om het geld terug te betalen. Belastingontduiking bij Costa Villas, bijvoorbeeld.'

Anne dacht aan de inval van de politie. Er vielen opeens heel wat puzzelstukjes op hun plek.

'Heeft hij het geld daarmee terug kunnen betalen?'

'Nee, dat niet. Waarschijnlijk omdat zijn zoon het wel doorhad en er een stokje voor heeft gestoken. Maar daardoor had meneer Bleiswijk niet de mogelijkheid om meer terug te betalen en hebben ze hem ontvoerd.'

Anne probeerde alle informatie op zich in te laten werken, maar het was te veel. Allerlei vragen zoemden door haar hoofd. 'Maar Henk had me toch eerder al kunnen waarschuwen dat Daniel niet was wie hij zei te zijn?'

De agent schudde zijn hoofd. 'In de ogen van meneer Bleiswijk was Daniel helemaal niet onbetrouwbaar. Die bleef buiten schot. Hij heeft hem binnengehaald en bij zijn criminele collega's afgeleverd. Daarna is hij een rol op de achtergrond gaan spelen. Hij heeft zich voornamelijk beziggehouden met meneer Bleiswijk pushen om te blijven pokeren, en geld te lenen. Maar met het terughalen van de lening heeft hij zich niet beziggehouden. Bewust. Hij moest de betrouwbare jongen blijven, zodat hij meneer Bleiswijk voortdurend kon overtuigen om vooral te blijven pokeren.'

Anne haalde diep adem. Dit zat allemaal nog veel geraffineerder in elkaar dan ze dacht.

De agent tikte op een map, die voor hem op tafel lag. 'Ik heb hier foto's van leden van de bende. Het is belangrijk dat je mij vertelt of je hen weleens hebt gezien. Hoe meer bewijs, hoe beter.'

Anne knikte en leunde naar voren. Ze bekeek de eerste drie foto's aandachtig, maar schudde haar hoofd. Daarna legde de agent de volgende drie voor haar neer. Meteen had ze het gevoel dat haar de adem werd benomen. Ze tikte op de eerste foto. 'Hem ken ik.'

Het was onmiskenbaar de man uit de lift, die ze later bij het appartementencomplex had gezien. Dus toch. Eigenlijk zou ze niet verbaasd moeten zijn.

De agent legde de foto apart en liet haar het andere beeldmateriaal bekijken.

Anne deed haar best, maar geen van de mannen kon ze zich herinneren. Uiteindelijk borg de agent de map weer op. 'Bedankt voor je moeite.'

Anne knikte en tikte met haar vinger tegen haar lip. 'Wat ik nog steeds niet begrijp is hoe Daniel wist waar ik was.'

'Waarschijnlijk ben je gevolgd.'

'Ik heb goed opgelet.'

De agent glimlachte. 'Dit is niet het soort criminelen dat opvalt als ze iemand volgen. Dat kunnen ze helemaal ongemerkt.'

Anne rilde, hoewel het warm was in de ruimte. 'Gelukkig is het voorbij', zei ze, meer tegen zichzelf dan tegen de politieman.

Anne merkte dat ze sneller ging lopen toen de uitgang in zicht kwam. Ze wilde naar buiten, het zonlicht in, genieten van de laatste vakantiedag met Marloes en Suzan. Vanavond vlogen ze terug naar huis. Die gedachte bezorgde haar een brok in haar keel. Ze wilde dat haar vriendinnen nog een week bleven. Of langer. Juist nu. Maar dat ging niet.

'Anne!'

Ze draaide zich om toen ze haar naam hoorde. Jeroen kwam aangesneld uit een gang. Ze bleef staan.

'Hoe gaat het?' vroeg hij. Ze zag bezorgdheid op zijn gezicht.

'Hoe is het met je vader?' vroeg ze, zijn vraag negerend.

'Ja, het gaat wel. Ik heb hem even gezien, maar hij wordt nu onderzocht in het ziekenhuis. Daarna wil hij meteen naar Inge.'

'Dat vertelde je al.'

Jeroen leek even te aarzelen. Daarna maakte hij een gebaar richting de uitgang. 'Heb je al ontbeten?'

'Nee. Jij?'

'Ook niet. Heb je zin om...' Hij wendde zijn blik af. 'In de straat hierachter zit een leuk tentje. We zouden even samen kunnen ontbijten. Maar als je geen zin hebt...'

'Laten we dat doen', zei Anne. Ze keek naar zijn gezicht. Zijn huid was een beetje bleek en hij zag er moe uit. Waarschijnlijk had hij de hele nacht niet geslapen.

Ze liep naast hem naar buiten en bedacht dat ze hem al die tijd verkeerd had beoordeeld. Niet hij, maar juist zijn vader was de oorzaak van alle commotie rond Costa Villas. Ze dacht aan Henk. Ondanks alles was ze niet boos op hem. Dat kon ze gewoon niet.

'Mijn vader voelt zich enorm schuldig', zei Jeroen, alsof hij haar gedachten kon lezen. 'Hij vindt het onverteerbaar dat hij jou in gevaar heeft gebracht.'

Anne slikte. Ze wist niet eens precies waarom er tranen in haar ogen opkwamen. Ze zette haar zonnebril op toen ze naar buiten liepen. Ze knipperde en veegde een traan weg. Jeroen zag het gelukkig niet.

'Zullen we gaan lopen? Het is hier vlak achter. Of als je liever met de auto wilt...'

Anne zag zijn Audi voor de deur staan, maar schudde haar hoofd. 'Nee, lopen is prima.'

Ze passeerden de auto. Jeroen zag de blik die zij erop wierp en zei: 'Ik weet zeker dat je je afvraagt waarom ik een nieuwe auto heb gekocht, terwijl mijn vader, en met hem het bedrijf, steeds meer in financiële problemen kwam te zitten.'

Anne wendde beschaamd haar blik af. 'Nou...' zei ze, terwijl ze zocht naar een antwoord.

Jeroen grinnikte. 'Het is een logische vraag. Maar het kon niet anders. Mijn vorige auto stond op naam van het bedrijf en kon daardoor door mijn vader verkocht worden zonder dat ik het wist. Dat heeft hij ook gedaan.'

'Echt?' Anne keek op. 'Maar hoe moest je dan naar klanten?'

'Dat vroeg ik me ook af. Mijn vader had bedacht dat ik een goedkoop autootje terug zou krijgen. Uit een soort tegendraadsheid heb ik deze gekocht.' Hij schudde zijn hoofd. 'Stom natuurlijk, maar toen wist ik nog niet hoe groot de financiële problemen waren.'

Ze liepen een tijdje zwijgend naast elkaar. Toen wees Jeroen naar een klein bakkerszaakje, waar een paar tafeltjes voor stonden. Hij wees naar een plekje in de zon. 'Zullen we daar gaan zitten?'

Anne knikte en nam plaats. Jeroen verdween naar binnen en kwam even later terug met koffie en broodjes. 'Ik hoop dat je van zoet houdt. Ik heb een chocoladecroissant voor je meegenomen.'

Anne grijnsde. 'Goed gegokt.'

Hij zette alles op tafel en ging toen zelf zitten. Even roerden ze allebei zonder iets te zeggen in hun koffie. Anne deed haar mond open. 'Ik...'

'Heb je...' begon Jeroen op hetzelfde moment.

Anne lachte. 'Jij eerst.'

'Ik wil dat je weet hoe ongelooflijk blij ik ben dat jij je de naam van het restaurant hebt herinnerd. Als dat niet was gebeurd...'

Ze zag hem huiveren. 'Het schoot me ineens te binnen', zei ze simpel.

Hij keek haar recht aan. 'Hoe voel je je nu?'

Anne haalde haar schouders op. 'Nu gaat het wel. De komende tijd zal ik me waarschijnlijk nog duizend keer afvragen waarom ik niks heb gemerkt. Ik dacht echt dat Daniel en ik...' Ze haalde een beetje hulpeloos haar schouders op.

'Je moet jezelf niks verwijten. Als ik de politie mag geloven zijn dit echt professionals.' Hij ging verzitten. 'Het goede nieuws is wel dat er geld terug is gevonden. Ik weet niet hoeveel het is, maar alles is meegenomen.'

'Heeft Costa Villas veel schade geleden?'

'De belastingaangifte is een puinhoop en waarschijnlijk zullen we nog wel een bedrag moeten betalen, maar verder hoop ik dat het binnen de perken blijft.' Hij wreef over de stoppels op zijn kin en nam een slok koffie. Hij leek zich ineens iets te herinneren. 'Ik ben je nog een excuus verschuldigd.'

Anne fronste. 'Waarvoor?'

'Dat ik je heb laten schrikken in Villa Mediterraneo.'

Anne kon zich de angst die ze toen had gevoeld nog levendig voor de geest halen. Ze huiverde nog toen ze eraan dacht. 'Je kwam niet om te kijken of je de huurprijs kon verhogen, hè?'

Jeroen schudde zijn hoofd. 'Nee, natuurlijk niet. Ik maakte me zorgen en daarom ben ik gaan kijken. Je zal wel gedacht hebben dat ik gek was.'

Anne glimlachte en sloeg haar blik neer. 'Dat valt wel mee', loog ze.

Even zeiden ze allebei niks. Toen Anne weer opkeek, zag ze Jeroen naar haar kijken.

Hij wendde zijn blik niet af. Ze probeerde erin te lezen wat er in hem omging. Even slikte ze. Ze keek naar zijn hand, die op tafel lag, naast de hare. Alsof hij haar gedachten kon lezen, hief hij zijn hand en legde die over die van haar heen. Even kneep hij erin. Anne keek op en wist niet eens precies waarom ze zich ondanks alles ineens zo blij voelde.

Eva en Leon genieten van een relaxte vakantie in een Drents vakantiehuisje. Maar dan verdwijnt de kleine Max...

Eva kijkt uit naar de eerste gezinsvakantie met haar vriend Leon en hun zes maanden oude baby Max.

Hoewel ze dol is op Max vindt ze haar leven sinds zijn komst wel erg druk geworden en daardoor heeft ze het gevoel dat zij en Leon een beetje langs elkaar heen leven. Ze hoopt op vakantie weer tot elkaar te komen en eindelijk eens echt alle tijd voor Max te hebben. Dat is iets wat ze, voor haar gevoel, in het dagelijks leven met werk en verplichtingen soms te weinig heeft.

Omdat Eva en Leon het niet zien zitten om heel lang te reizen met de baby, kiezen ze voor een bestemming dichter bij huis. Eva's ouders hebben een zomerhuisje in de Drentse bossen dat ze drie weken mogen gebruiken.

De eerste week is het een onbezorgde en zonovergoten vakantie. Tot Eva op een nacht wakker wordt van een vreemd geluid in de tuin. Als ze daarna even bij Max gaat kijken, ziet ze een leeg bedje...

Zomerhuis
Paperback, 288 pagina's
ISBN 978 94 6068 363 3
€ 15,-

Na een cocktailparty op het strand verandert de relaxte vakantie van Amber in een regelrechte nachtmerrie...

Vanwege hun 40-jarig huwelijksfeest nemen Herman en Ineke van Heesch hun kinderen en kleinkinderen mee op een winterzonvakantie naar Curaçao.

Op een avond besluiten de schoonzusjes Amber en Sophie te gaan stappen en ze gaan naar een cocktailparty op het strand. De vrijgevochten Amber voert de keurige huismoeder Sophie de ene cocktail na de andere. Sophie raakt zowaar los en is de hit van de avond op de dansvloer. Ze gaat zelfs in op de avances van een knappe en charmante Antilliaan. Amber vindt het reuzegrappig om deze kant van de brave Sophie te zien en vermaakt zich kostelijk.

Als de party ten einde loopt en Amber naar huis wil, kan ze Sophie nergens vinden. Amber moet eigenlijk wel grinniken om de situatie: de brave Sophie, die waarschijnlijk ergens ligt te rollebollen met een knappe Antilliaan. Maar als Sophie ook de volgende dag niet naar huis terug keert, blijkt er niet veel meer te lachen.

Winterzon
Paperback, 288 pagina's
ISBN 978 94 6068 352 7
€ 15,-

Gedwongen door de crisis gaan Anouk en haar gezin in Nederland op vakantie. In Bergen aan Zee krijgt de onbezorgde vakantie een totaal andere wending.

Door de crisis zit de jaarlijkse vakantie naar Spanje er dit jaar niet in voor Jan en Anouk, want de meubelwinkels waarvan Jan eigenaar is draaien minder goed. In plaats daarvan gaan ze met hun kinderen Timo en Lena naar Bergen aan Zee, waar ze gratis in het vakantiehuis van een bevriende zakenrelatie kunnen verblijven.

Anouk is hard toe aan de vakantie. Doordat Jan personeel heeft moeten ontslaan, moest ze voortdurend bijspringen. Bovendien zijn de spanningen in haar huwelijk opgelopen, omdat Jan meer oog heeft voor zijn computer dan voor haar. Anouk hoopt op vakantie weer dichter tot elkaar te komen. In eerste instantie lijkt dat ook te gebeuren. Jan is ontspannen en als hij ook nog een grote order krijgt, lijkt het eindelijk wat beter te gaan met zijn humeur. Anouk probeert op haar beurt iets positiefs te doen en organiseert een surpriseparty voor zijn veertigste verjaardag. Had ze dat maar nooit gedaan...

Zeezicht
Paperback, 288 pagina's
ISBN 978 94 6068 361 9
€ 10,-

Op een reünieweekend in het winterse Wenen halen de vriendinnen herinneringen op aan vroeger. Maar als het overlijden van jaarclubgenote Daniëlle ter sprake komt, heeft dat fatale gevolgen...

Het vijftienjarig bestaan van jaarclub Artemis mag niet ongemerkt voorbijgaan. En dus vertrekken Dominique en haar vriendinnen voor een lang weekend naar het winterse Wenen. Ook de partners mogen mee.

Nadat ze overdag de sprookjesachtige stad hebben bezocht, is het 's avonds een en al gezelligheid bij het haardvuur. De wijn vloeit rijkelijk en de jaarclubgenoten halen herinneringen op aan vroeger.

Er wordt ook stil gestaan bij het overlijden van jaarclubgenote Daniëlle, die in haar eerste studiejaar volkomen onverwacht zelfmoord pleegde. Als een van de vriendinnen in aangeschoten toestand verkondigt dat Daniëlle opzettelijk van het dak is geduwd, blijkt al snel dat dat niet bij iedereen goed valt. Kennelijk is iemand in de groep bereid heel ver te gaan om de waarheid te beschermen...

De Jaarclub

Paperback, 240 pagina's
ISBN 978 94 6068 353 4
€ 10,-

De kampeervakantie van Esther en Rob wordt overschaduwd door zijn vreemde gedrag. Als Esther met haar dochter terugkeert van een dagje Parijs, is alles op slag anders...

De gezellige kampeervakantie met het gezin, verloopt de eerste dagen precies zoals Esther de Koning had gedacht en gehoopt. Niet voor niets had ze er enorm naar uitgezien om weer eens lekker met zijn drieën op vakantie te gaan. Maar al snel begint haar man Rob zich vreemd te gedragen; hij heeft weinig aandacht voor zijn gezin en zit continu op zijn telefoon. Er ontstaan irritaties, vooral bij Esther. Die bereiken een hoogtepunt als Rob ineens en zonder reden van camping wil veranderen. Nu is niet alleen Esther maar ook Isa de dupe van zijn vreemde gedrag. Op de nieuwe camping lijkt het beter te gaan, maar dat is slechts van korte duur. Als Esther en Isa terugkeren van een dagje shoppen in Parijs, is Rob er niet om hen op te halen van het station. Ook reageert hij niet op de oproepen en berichtjes. Maakt Rob het nu al te bont of is er heel iets anders aan de hand?

Vive la France

Paperback, 256 pagina's
ISBN 978 94 6068 362 6
€ 5,-

Als haar kersverse echtgenoot tijdens de huwelijksreis verdwijnt, staat Hannah voor een raadsel. Hoe goed kent ze de mensen die ze altijd vertrouwde...

De romantische huwelijksreis van Hannah en Koen naar Curaçao wordt ruw verstoord als Koen tijdens het snorkelen spoorloos verdwijnt. Hannah wordt gek van angst.

De plaatselijke politie loopt niet zo hard als Hannah zou willen en ten einde raad gaat ze zelf op onderzoek uit. Die zoektocht brengt onaangename waarheden aan het licht. Als Hannah zelfs voor haar eigen leven moet vrezen, wordt ze geconfronteerd met de vraag of ze Koen wel zo goed kent als ze denkt.

Blue Curaçao is een spannende thriller over een desastreuze liefde die blind maakt en over mensen die zich anders voordoen dan ze in werkelijkheid zijn.

Blue Curaçao

Paperback, 288 pagina's

ISBN 978 94 6068 138 7 – € 10,-

ISBN 978 94 6068 199 8 – € 5,-

Op vakantie in Hurghada loopt Suzanne haar ex-vriend tegen het lijf.

Vijf jaar zijn Susan Waterberg en haar man Hugo getrouwd. Die mijlpaal wil Susan niet onopgemerkt voorbij laten gaan. Ze regelt haar schoonouders als oppas voor hun zoontje Stijn van drie en boekt een lastminutevakantie naar Hurghada. Voor Hugo is de trip een grote verrassing, zeker omdat hij zijn padi (duikbrevet) pas een jaar heeft. Nu kan hij eindelijk 'echt' gaan duiken..

Als ze op de duikschool inchecken krijgt Susan de schrik van haar leven. De duikinstructeur is een 'oude bekende' en confronteert haar met een gebeurtenis die ze altijd voor Hugo heeft verzwegen. De zorgeloze strandvakantie die Susan voor ogen had, verandert in een web van leugens en chantage. Om haar gezin te redden, zal ze definitief moeten afrekenen met haar verleden.

'Door de vaart, de onderhuidse spanning, maar ook door de menselijke keuzes van de hoofdpersoon blijf je 'hooked' aan dit boek.' – SANDER VERHEIJEN, CRIMEZONE.NL ****

Last Minute
Paperback, 256 pagina's
ISBN 978 94 6068 075 5
€ 5,-

Voor Heleen en Carlo gaat een langgekoesterde wens in vervulling met hun Italiaanse agriturismo. Het Toscaanse leven lacht hun toe tot een verschrikkelijke gebeurtenis alles op zijn kop zet...

Als Carlo Marino zijn baan bij een bank verliest, besluiten hij en zijn vrouw Heleen te gaan voor de droom die ze al jaren koesteren: ze verhuizen met hun twee kinderen naar Toscane, waar ze in een oude hoeve een agriturismo beginnen. Na een grondige verbouwing en de nodige investeringen komen er al snel veel gasten. Carlo en Heleen genieten van hun nieuwe leven als gastheer en gastvrouw, en van het fantastische Italiaanse leven. Net als de kinderen Florian en Sophia zijn ze helemaal ingeburgerd in de kleine gemeenschap. Maar wanneer er onverwacht vreemde dingen gebeuren op de agriturismo valt hun droomwereld in scherven. Een gruwelijke gebeurtenis brengt een verzwegen verleden naar boven en dwingt hen om hun complete toekomst op het spel te zetten...

Villa Toscane
Paperback, 224 pagina's
ISBN 978 94 6068 332 9
€ 5,-

Voetbalvrouw Michelle gaat mee op trainingskamp naar Gran Canaria. Maar wat een gezellige week belooft te worden, eindigt in een nachtmerrie.

Voetbalvrouwen
Paperback, 160 pagina's
ISBN 978 94 6068 153 0
€ 5,-

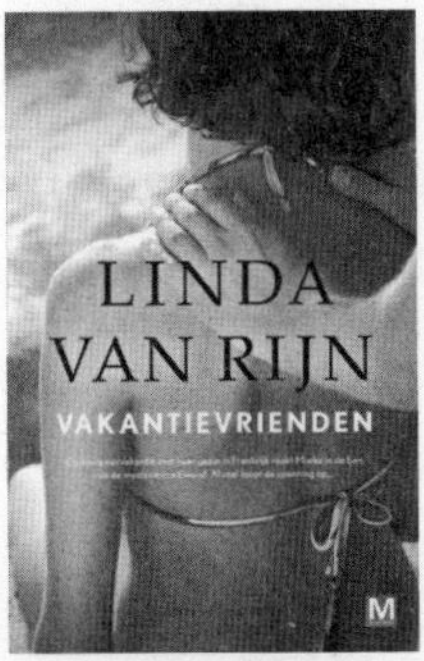

Op kampeervakantie met haar gezin in Frankrijk raakt Mieke in de ban van de mysterieuze Ewoud. Al snel loopt de spanning op...

Vakantievrienden
Paperback, 108 pagina's
ISBN 978 94 6068 104 2
€ 5,-

Tijdens de skivakantie in Kirchberg verdwijnt de kleine Marius. Een grote zoekactie levert niets op en de politie staat voor een raadsel...

Piste Alarm
Paperback, 240 pagina's
ISBN 978 94 6068 159 2
€ 5,-

De wintersportreis van Nienke heeft alles weg van een droom, zeker als twee reisgenoten avances maken. Maar de meeste dromen zijn bedrog...

Ski Resort
Paperback, 224 pagina's
ISBN 978 94 6068 277 3
€ 5,-

Vier stellen gaan op skivakantie naar Saalbach Hinterglemm. Als een van hen verongelukt bij het offpisteskiën begint een duistere reis door het verleden...

Off Piste
Paperback, 256 pagina's
ISBN 978 94 6068 274 2
€ 5,-

Vier vriendinnen genieten van een skivakantie in Kirchberg. De moord op een van hen stelt de politie voor een raadsel.

Winter Chalet
Paperback, 256 pagina's
ISBN 978 94 6068 157 8
€ 5,-

Colofon

Redactie: Karin Dienaar
Omslagillustratie: Getty Images / Ilya Terentiev
Omslagontwerp: Riesenkind
Zetwerk: V3-Services v.o.f.
Druk: Wöhrmann Boeken en Tijdschriften

Eerste druk april 2013
Twaalfde druk juli 2017

ISBN 978 94 6068 239 1
E-ISBN 978 94 6068 930 7
NUR 305

Uitgeverij Marmer BV
De Botter 1
3742 GA BAARN
T: +31 649881429
I: www.uitgeverijmarmer.nl
E: info@uitgeverijmarmer.nl

www.lindavanrijn.nl
facebook: @lindavanrijnthrillers